ラルーナ文庫

仁義なき嫁　初恋編

高月紅葉

JN267447

三交社

CONTENTS

Illustration

猫柳ゆめこ

仁義なき嫁　初恋編

本作品はフィクションです。
実際の人物・団体・事件などにはいっさい関係ありません。

1

「春だな」

「春ですね」

大滝《おおたき》組長と向かい合った佐和紀《さわき》は、眼鏡《めがね》のブリッジを指先で押し上げ、駒《こま》を動かす。

「……なんだ、それ」

盤上をまじまじと見た大滝が唸《うな》る。

春の陽気とはいえ、東屋《あずまや》の日陰は肌寒い。白髪混じりの洒脱《しゃだつ》な男は、胸板の厚い身体《からだ》に着流しをさらりと着ていた。

「桜が咲く頃には、うちの若頭と補佐も仲違《なかたが》いをやめるんだろうな？」

「嫁でしかない俺には聞かないでくださいよ」

軽い口調でかわして、着物の襟を指でしごく。

関東一帯をまとめる広域指定暴力団大滝組。その若頭補佐・岩下周平《いわしたしゅうへい》と、廃業寸前だったこおろぎ組のチンピラ・佐和紀が、男同士ながらに結婚して一年。

跡目争いから降りるための茶番のはずが、『こおろぎ組の狂犬』を飼い馴《な》らした周平の評判は、うなぎのぼりだとか、そうじゃないとか……。世話係の一人である三井敬志《みついたかし》が仕入れてくる噂《うわさ》はおおげさだ。

「それをおまえが言うか……、いや、待て。ここはないだろ」

「ありですよ」

勝手に移動させようとする大滝の手を、指先で軽く叩《たた》いて摘《つま》み上げた。

「強くなりやがって」

眉間《みけん》にシワを寄せた大滝が子供のように悔しがる。

「あいつだな。岩下が鍛えてるんだな」

「岡崎《おかざき》にコキ使われないと、暇なんですよ」

「岩下は有能だからな。彫り物なんか背負ってなけりゃあ、敵に回ってただろうよ。刑事か、検事か、弁護士か。どれでも恐ろしくやり手だろうなぁ。嫌いなタイプじゃない」

「その割には、肩を持ってくれませんでしたね」

「若い二人には苦労をさせるものだろ？」

肩をすくめた大滝は、気取りのない笑顔を見せる。

佐和紀をこおろぎ組へ戻そうとした松浦《まつうら》組長が、大滝に助力を求めたのは一ヶ月ほど前のことだ。

それを発端に、佐和紀は松浦と揉《も》め、周平と一緒に屋敷の離れを出た。その上、夏に起こった京都での一件が岡崎に知られ、若頭と若頭補佐の間にも亀裂が入っている。

プライベートな衝突だから仕事に支障は出ていないが、外部に漏れれば大滝組にとっては不利益だ。

それでも、大滝組長はたいして気にする様子もなく、子供たちのケンカを生ぬるく見守っているだけだ。

「あの男が誰《だれ》かに惚《ほ》れてる、なんて、おもしろくてしかたないんだよ。年を取ると、こういうことしか楽しみがないからなぁ」

「ご自分も楽しんでいらっしゃることは、存じていますが……」

わざと丁重な言葉であてつけると、

「京子《きょうこ》か。あいつも、人のことをペラペラと」

娘の名前を口にした顔が苦々しく歪《ゆが》んだ。すでに他界している大滝の妻に代わり、若頭・岡崎の嫁でもある京子が、この屋敷では『姐《あね》さん』と呼ばれている。

「……京子とも会ってないのか」

チラリと視線を向けられたが、佐和紀は気にせずに将棋盤を見た。『歩』を取って、駒を移動させる。

「おまえが感じる引け目は何もないだろう。電話の一本でも入れてやればいいし、叱《しか》られるなら旦那《だんな》の方だ」

大滝は簡単に言うが、偶然でもなければバツが悪くて顔を合わせられない。出かける時間を見計らって邪魔してくる周平を拒めず、京子のお供をしていた稽古事《けいこごと》からは、すっかり足が遠のいている。

佐和紀が言葉に困ると、大滝はおおげさに顔をしかめた。

「見るな、見るな。枯れた松浦と違って、俺はまだ現役だからな」

「どういうことですか」

「そういうことだ」

視線をさらりとかわされる。大滝は次の一手を置いて、東屋の外へ目を向けた。

何代にもわたって造られた日本庭園には、ゆるやかな丘があり、細い川も流れている。春を呼ぶ梅の花は満開を過ぎ、しだれ桜が蕾《つぼみ》を蓄える季節が来ていた。

「松浦とのことを頼みに来たと思ったが、違ったみたいだな。どうするつもりだ。このまま、絶縁を続けるのか？」

話しかけられながら、佐和紀は次の一手を置いた。

「……勘当されたも同然ですから。そろそろ痺《しび》れを切らして、本当に絶縁状でも出されるんじゃないでしょうか」

「若いヤツは、平気で、そういう冗談を口にする。岩下も考えが見えない男だが、おまえも相当のものがあるな。キレイな顔がくせ者だよ。ただ、なぁ……、将棋仲間のジジイから言わせてもらうとなぁ……」

　置きかけた駒を将棋盤から離し、大滝は唸り声をあげて打ち直した。

「子供っぽい『あてつけ』は、このぐらいにしておけ」

　ピシッと高い音が鳴り、佐和紀はまっすぐに大滝を見た。大所帯を率いる大親分は、どっしりと構えながら、くちびるの端を歪める。

「物事には引き際ってものがある。……そんなに睨《にら》むな。別れろとは言ってない。ただな、松浦が、不憫《ふびん》でならねぇんだよ」

　私怨《しえん》を忘れていない大滝が、松浦の肩を持つのは意外だった。二人の間には、一人の女を争ってできた深い溝がある。

「親ってのは不憫なんだよ。心配しても心配しても、微塵《みじん》も報われない。……わかってやってくれよ。な？」

「わかってないのは、向こうの方です……」

「いや、おまえもだ」

　有無を言わせぬ勢いで、ピシャリと言い返される。

「バカでいられたなら通った言い分かも知れないが、今のおまえじゃ、もう通用しない。利口がそこまで顔に出ちゃあ、なぁ」

　語りかけてくる大滝の言葉が胸に沁《し》みた。

同時に、それがなぜ松浦の声でないのかと考える。それだけで佐和紀の指先は冷たく震えてしまう。

「おまえに、こおろぎ組への感謝の気持ちがあるなら、男として通す仁義ってのもあるんじゃないか？」

「……そうですね。わかってるつもりです。……義理と人情が秤《はかり》にかかるってのは、こういうことなんですね」

「親兄弟と恋は、いつも両天秤だ。どっちを重くしても、せつないよ。でも……、おまえが欲しいものは、そこにはないように見えるけどなぁ」

「欲しいもの？」

佐和紀はその一言を繰り返した。

「もう、その手の中にある。元からあるんだよ、それは。……見ないようにしてれば、周りがかわいがってくれたんだろう？　あれだな。胸のデカい女がバカだと思われるようなもんだ」

「ひどい喩《たと》えですね」

「けど、わかるだろ」

笑いかけられてうなずいた。

「わかります」

答えると、胸の奥がわずかにざわめく。

顔に似合いの頼りなさで守られてやれば、男たちはいつも満足した。その甘さに寄りかかり、世間を渡ってきたのは事実だ。

「変わったよ、おまえ」

タバコを手にした大滝がしみじみと言い、佐和紀は決まりの悪さを感じてかすかに笑った。

「……でしょうね」

孤独に震えていた背中を周平にさすられ、過去の傷を癒《いや》してきた。まどろむような日々の終わりは、暗闇《くらやみ》から光の中へ出ていく眩《まぶ》しさだ。足元はふらつき、目が回る。

でも、誰かの手を借りようとは思わない。自分を変えた周平の腕さえ、必要なかった。

自分が自分である時、愛情は中心軸であっても寄りかかる杖《つえ》ではない。愛されることと同様に、周平を愛していたいと願う気持ちは、どこか切実で、佐和紀の背中をせき立てる。

「まぁ、どうにもならないぐらいしくじった時は俺んとこに頭下げて来いよ。下心ナシで考えてやる。将棋仲間のよしみでな」

「本当ですか？」

ライターに手を伸ばして、佐和紀は自分のタバコに火を点《つ》ける。将棋盤はそのままだ。もうどちらも駒を動かしていない。

「だからなぁ、うちの若頭と補佐のことも、よしみでなんとかしておいてくれよ」

東屋のベンチで片あぐらに足を崩し、大滝は斜に構えた。

「まったくあいつらにも困ったもんだ。意地を張り合って、なぁ」

紫煙をくゆらせた大滝の視線をたどると、こちらに向かって歩いてくる男の姿があった。

ブルーグレイのジャケットの裾《すそ》を跳ね上げ、両手をスラックスのポケットに入れている。

颯爽《さっそう》とした歩幅に比べ、上半身はゆったりとした仕草で庭を眺めていた。巡る視線が東屋で止まり、ポケットから手を引き抜いた周平が組長に向かって会釈する。

流行をほどよく意識した眼鏡は理知的な印象で全体の雰囲気を引き締めていた。惚れた欲目をめいっぱい差し引いても惚れ惚れする男振りが、佐和紀を誇らしい気分にさせる。

「勝負がついているようなら、佐和紀を連れて帰りたいのですが」

丁寧な挨拶《あいさつ》を述べた後で周平が願い出ると、

「あぁ、いいぞ。今日は俺の手詰まり。降参だ、佐和紀」

大滝はタバコを指に挟み、両手を肩の位置に上げて答えた。

「ありがとうございます。またよろしくお願いします」

結果としての勝敗にこだわらない大滝が勝ちを譲ることは珍しくない。まだ足元にも及ばないと思われている証拠だ。

佐和紀は膝《ひざ》に手を置いて頭を下げ、決着しなかった将棋盤を片付け始めた。

「そうだ。岩下よ」

タバコを灰皿で揉み消した大滝が、立ち上がって右肩を回す。

「あんまり嫁に苦労をかけるなよ。後で後悔させられるのは、亭主なんだからな」

言うだけ言って、反応を見る気はないのか、ひらひらと手を振りながらその場を離れていく。

わかりましたと答えた周平は頭を下げ、たっぷり時間を取ってから元に戻った。

「……なんの話をしてたんだ」

あきれ声で問いかけられ、佐和紀は肩をすくめた。深緑色の綸子《りんず》の裾を整え、空色の羽織の襟を正す。

「妙に懐かしいな」

歩き出すと、声と一緒に、周平の手が伸びてきた。駒の箱を載せた将棋盤を取り上げられる。

「去年もこうして歩いただろう。おまえはあの奥で俺に」

「『慎み』……」

足を止め、鋭く睨み上げた。悪びれない目が好色な笑みを浮かべる。去年と何も変わらない表情だ。人の弱みを捉《とら》えたと同時に遠慮なく踏み込んでこようとする。

それを押し返せずに、どれだけ好きにさせただろう。この広い庭のあちらこちらにある死角で、周平は佐和紀の和服の裾をたくし上げ、時には帯まで解いて身体を開いた。

「言ってみただけだ。手はふさがってるだろ？」

将棋盤を両手で持つ周平を見て、佐和紀はこぼしかけたため息をそっと飲み込んだ。

「片手で持てるくせに、ふざけんな」

頬《ほお》に手を伸ばす。少しかがんだ周平のくちびるにキスしようと爪先《つまさき》立ったが、よそ行きの草履裏が硬くてうまくできない。片足を引いて、伸びを取った。

「んっ……」

くちびるを吸い上げられ、そのまま、濡《ぬ》れた柔らかな肉を舌先で出迎えた。

「……周平っ……」

くちづけが性急になっていくにつれ、ここから一番近い藪《やぶ》はどこだろうかと考えてしまう。それは周平も同じだろう。

腰を抱き寄せられ、佐和紀は頬に添えていた手を滑らせて首にしがみついた。

いっそう深くくちびるを重ねた周平が、ふいに顔を離す。

「おまえか」

安堵《あんど》の息が耳元に吹きかかり、顔を隠すように抱かれた佐和紀は身をよじる。背中に男の声が聞こえた。

「頭《かしら》と仲違いの真っ最中なんですから、ここではやめてくださいよ。いい加減、血の雨が降ります……」

「おまえまで『慎み』か？　流行語だな」

周平がくちびるの端をちょっと曲げるようにして笑う。その腕をほどいた佐和紀は、将棋盤を引き取り、困り顔で立っている岡村慎一郎《おかむらしんいちろう》へ渡した。

「今日は達川《たつかわ》組の幹部との飲み会がある」

歩き出した周平がさりげなく腰に手を回してくる。腕組みをした袖の陰で、佐和紀は右手の指を重ねた。

「『よろしければ奥様もどうですか』って話だ。どうする、佐和紀」

「……うーん。幹部って誰？　知らないヤツいる？」

「前と同じだな。組長は来ないって話だけどな」

「あぁ。『そこ』か。俺が行けば、組長が出てきそう？　なら、顔は出すよ。来ないなら途中で抜ける」

武闘派の達川組を制御しようとする周平はここのところ、幹部連中を招いた酒宴に忙しい。佐和紀がたびたび同席しているのは、プライベートを装って鉢合わせた中華料理店で達川組の組長が見せた反応の結果だ。

岡崎にバレれば一悶着《もんちゃく》も二悶着もあると承知で撒き餌《まえ》にならないかと持ちかけてきた周平は、兄貴分に真っ向からケンカを売っている。

『男』として働けないなら、『自分の女』として使うやり方は、佐和紀から見ても大人げない。でも好きなところのひとつだった。冷静沈着な旦那の本性だ。

「じゃあ、そうさせてもらうか。シン、連絡入れとけ」

「わかりました」

二人から距離を取っていた岡村が、さっと近づいてくる。

「あと、会合の前に組の事務所へ顔を出してもらえますか。三井が待ってます」

「外でいいだろ」

「いや、先月のアレの件で」

「面倒だな。……まぁ、いい。わかった。寄っていく」

「何があんの？」

佐和紀が口を挟むと、周平は肩をすくめながら、ついっと眼鏡を指先で押し上げた。

「ヘタを打った舎弟の詫《わ》びを聞くんだよ。相手にケジメつけさせるのも三井の仕事だからな」

周平が立ち会うかどうかで変わるのは、若い連中の指導係をしている三井敬志の立場だ。現場に対して責任感を持たせる教育は、相手と距離が近すぎても遠すぎても上手くいかない。ほどほどの距離感を保つためには、あくまでも兄貴分の手足という体裁が重要なのだ。

世話係の最後の一人、石垣保《いしがきたもつ》も若手担当だが、準構成員にも数えられないような協力者の取りまとめをやっている。頭の悪いヤンキーたちとは違い、いざとなれば弁護士や警察を盾にする連中だから、支配するのも頭脳戦だ。

適材適所。世話係の三人に限らず、周平の舎弟たちはみんな、アウトローのくせによく働く。

「じゃあ、後でまた車回して拾ってよ。ここで着替えるから。……タンポポ柄はアレだろ？」

深緑色の綸子の裾には、タンポポが描かれている。ほのぼのとしていて気に入っているが、組長レベルを籠絡《ろうらく》するには色気がない。

裾を指差して二人に訴えると、周平が無言で岡村を振り返る。視線を向けられた舎弟は一瞬だけ驚いたが、次の瞬間には何ごともなかったようにあごを引いた。

「一時間程度で戻れると思います」

「それだけか」

「周平」

からかいをたしなめ、スーツを着た腕に手を置く。

「タンポポなんかで感想を求めるのは、やめろよ」

わざと気づかない振りで混ぜ返した。

「あどけない柄も、よくお似合いだと思います」

岡村は、ふっ、と笑い、

「でも、達川組の組長相手なら、明るい色目の紬《つむぎ》がいいでしょう。佐和紀さんの白い肌が映えますから」

穏やかな口調で恐ろしいことを言う。精一杯の噛《か》みつきを鼻で笑った周平は、佐和紀の肩に腕をまわした。

「だと、さ……。ほどほどに着飾っておけよ」

自分のものだと安心しているからこそ、容赦なく意地が悪い。

こっそり同情の視線を投げると、岡村はかすかに表情を曇らせた。佐和紀には同情されたくないのか、それとも別の想いがあるのか。本心は見えにくい。

「だからさー、化粧をするわけでもないし。単に着替えるだけだからな？」

周平を覗《のぞ》き込み、佐和紀はわざと面倒くさそうな口調で言ってやった。


離れに置いてある着物の中から、明るい灰青の紬を選び、羽織には淡い藍《あい》色の江戸小紋を合わせた。

秘色《ひそく》色と瓶覗《かめのぞき》色の濃淡でまとめ、襦袢《じゅばん》の襟は桜色。羽織の紐《ひも》は、淡い色の珊瑚《さんご》玉が連なったものをつける。周平が買ってくれた品物だ。

白足袋《たび》を履き、周平の整髪剤で前髪をやや斜めに流してセットした。

それから眼鏡のレンズを洗い、水滴を丁寧に拭《ふ》き取って顔に戻す。コンタクトレンズは石垣がいないと装着できないので、使うことはめったにない。

鏡を覗き込むと、機嫌の悪そうな男が一人、映っていた。笑ってみようとしてやめる。あごを引いて、襟を指先でしごいた。

色の威力というものは、確かにある。明るい色目なら血色を良く見せるし、濃い色は落ち着きを与える。淡い色は、明るい色の効力に加えて、人を和ませる何かがある。男を油断させるにはもってこいだ。

支度を整えて縁側に出ると、離れに棲《す》み着いている猫が日向《ひなた》で丸くなっていた。時々風《ふ》呂《ろ》に入れてもらっているのだろう。毛並みの手触りは優しかった。

そばに座った佐和紀に気づくと、猫は大きなあくびをして、また眠る。撫《な》でてもらおうと開いた首筋の毛並みに指先をうずめ、日差しが柔らかく降りそそぐ庭先へ目を向けた。

迷いがふいに、佐和紀の心をふさぐ。

周平の腕に守られていれば幸せだと、本気で信じていたことに後悔はない。あの想いは、きっと永遠に大切な記憶だ。周平に守られ、周平に愛され、佐和紀の心は溢《あふ》れんばかりに満たされた。

でも、いつか大滝組を抜ける時、佐和紀を連れていくか、置いていくか、悩んでいると周平は言った。それは離婚するとかしないとか、そういう話じゃない。

周平についていけば、生きる世界が変わる。それは、ヤクザ社会の中で『女』として所有されるのとは違うのだ。

離れたくないと泣けば、周平は自分を曲げてでも佐和紀といることを正当化するだろう。それが、本当にあの男のためになるだろうか。

自分が重ねた苦労より、周平の繰り返した苦悩の方がずっとずっと辛《つら》いものだ。だから、苦しみを乗り越えて探し出した周平の未来を邪魔したくない。佐和紀はそう思う。

なのに周平は、もう悩んでいる。

繋《つな》いだ二人の手が離れると無条件に考え、佐和紀が泣くことをまで想定している。確かに、こおろぎ組へ帰れと言われ、佐和紀は拒んだ。

結婚して一年。今となっては、親同然に慕った松浦よりも、旦那である周平の方を大切に思っている。

でもそれは、周平を好きだからであって、この『恋』をただ長らえさせたいからじゃない。

静かに眠っていた猫の耳がぴくっと動き、庭の隅から構成員が現れる。周平たちが事務所を出発したと告げられ、佐和紀は立ち上がった。

玄関から出て、母屋の脇《わき》から車寄せに向かう。そこに、黒塗りの大きなセダンが停まっているのが見えた。

出迎える部屋住みたちの様子で、相手に予想がつく。組長が在宅している今、その扱いを受ける人間は一人しかいない。

「お疲れ様です」

玄関前に先回りして待ち構える。かがめた腰をゆっくりと戻し、意表を突かれた顔の相手を見据えた。

「五分だけお時間をいただけますか」

「おまえらしくない物言いだな」

からかうように笑った岡崎は、周りの人間を先に行かせた。

「周平と出かけるのか」

「達川組の組長を呼び出すのに苦労してるんだよ」

「また利用されてやるんだな」

「何も危なくない……」

「そうか。そうだろうな。……まだまだ元気そうじゃないか。あの絶倫に、表も裏もいじり倒されて、女みたいに喘《あえ》いでるんだろう？　弱ってる頃かと思ったが、甘いのはいつでも俺の方なんだな」

憔悴《しょうすい》しているのは明らかに岡崎の方だ。

周平との間も揉めたままだが、妻の京子とも、まだ和解していないのだろう。

「周平も腹が立つぐらい絶好調だ」

ぼやきながら佐和紀を覗き込むと、私生活を見透かそうとする目を細めた。

「雰囲気がますます変わったな。巡り巡って潮時か？　見ればわかるんだよ。おまえの考えてることぐらいな。俺の方が何倍も付き合いは長い。五分で済む話を聞いてやるから話せよ」

見透かされたのは、心の内だ。驚いた佐和紀は、かすかに身を引いた。

「京都でのことは……俺がうかつだった。すみませんでした」

膝に手を当てて頭を下げる。

「どうしてそう思う」

謝るのは形だけのことだろうと言外に責められ、佐和紀は小さく息を吸い込む。元はこおろぎ組で兄貴分だった男だ。

叱られるとわかっていて自分の不手際を詫びるには気合がいる。

「あんたとオヤジが、どういう想いで俺のことを考えてきたのか、もう少し考えるべきだったと、今になって思う。……自分が満足すればそれでいいというのは、やっぱり違うんだろ」

「俺のことはいい。どうせ下心だからな」

自虐的に笑い、岡崎は肩の力を抜いた。

「オヤジは本当におまえを実の子供みたいに思ってる。カタギになる、ならないは、おまえが決めればいいことだ。でも、どんな道を選んでも、それは生きるためでなきゃダメだろう」

「……うん」

子供のようにうなずいて、佐和紀はうつむいた。

ついこの間まで『周平の役に立つ』ことは『どう死んでやれるか』と同意義だった。そんな幼稚さが、親兄弟同然の二人を取り乱すほどに心配させていたのだ。

「俺が出る幕はなさそうだな。これはおまえとオヤジのケンカだ。決着は好きなようにつければいい」

どこかさびしそうに言った岡崎が手を伸ばしてくる。いつものように指先で頬をなぞられ、佐和紀はまた静かに後ずさった。

「ひとつ、聞いてもいい？」

睨みながら、口元に笑みを浮かべる。

「俺にか。高くつくぞ」

「身体に触らないなら、なんでもしてやるけどさ。周平っていつ組を抜けるの？」

ストレートに聞いたのは、小細工の通用する相手じゃないからだ。岡崎はぽかんと口を開き、しばらくしてからニヤニヤと笑い出した。

「あいつが言ったんだな。まだ先の話だろう。おまえが極道の妻でいたいなら、考えてやってもいいぞ」

「その席にはとっくに京子姉さんが座ってる。また怒られるんじゃない？」

「かもなぁ。京子もそろそろ痺れを切らす頃だ。とばっちりが来る前に、おまえも機嫌を取っておいた方がいいぞ。周平のこととなると、女を丸出しでくるからなぁ」

「なんのとばっちり？」

「周平がおまえを独り占めしてるから、余計に機嫌が悪い。お前に対しては、いい顔をしてきたみたいだけどな。あいつは、そんなにお行儀のいい女じゃない」

岡崎は肩を揺すって笑う。それから真顔になった。

「佐和紀。置いていかれることが、不安か？　っていうかな、よくもそこまで惚れさせたな。身体か？　身体なんだろう」

じりじりと間合いを詰められ、佐和紀は相手の肩を押し返した。

「やめろよ。こんなところを見られたら、俺の亭主がうるさいんだから」

「亭主か。ムカつくぐらい、いちいちエロいじゃないか」

「バカだろ。頭、沸いてんじゃないの」

「あいつ、嫉妬《しっと》してるだろう」

「……意味もなく、してる」

「そりゃ、よかったな。愛されてるんだよ」

あっさり言った岡崎はきびすを返そうとする。

とっさに腕を摑《つか》んだ。

「弘一《こういっ》さん。なんで嫉妬してるって」

わかったのかと聞く前に、岡崎が眉《まゆ》をひそめた。

「周平が、そういう男だからだよ。あいつはひねくれてる。俺と京子は嫌ってほど見てきたからな」

「昔の話だろ」

「いや？　今だって、俺や松浦組長を疎ましく思ってんだろう。おまえにそれだけ惚れてるんだ。狭い心を隠すのに必死になってるんだよ」

「どうして？」

佐和紀は畳みかけて詰め寄る。

「どうして、隠す必要があるんだよ」

「……おまえには、わからないかもな」

「それで済ませたくない。こういっさん。嫌なんだ。わからないからしかたがないなんて、思いたくない」

探せば、答えは必ずあるはずだ。

「俺に足りないものがあるなら、それを教えてくれよ。なぁ、お願い……、お願いします」

「だから、どうして俺に……。おまえは……」

啞然《あぜん》としている岡崎を、じっと見つめる。

「佐和紀。じゃあ、セックスさせろよ。ベッドの中でなら、なんでも教えてやる」

「俺とあんたは、そういう関係じゃない方がいい」

佐和紀の言葉に、岡崎の目が激しく動揺した。視線をそらした後で顔を歪め、言葉にならない叫びを漏らす。

「くそっ！　どこでそんな知恵をつけてきた！　ったく、バカでいればいいものを……。この世界でおまえに足りないものなんて山ほどある。自分にあるものを数える方が早いだろうが。目的はひとつに絞って、他人を簡単に信用するな。そのためには信用できる『身内』を作ることだ」

岡崎は口早にまくしたてる。

「恩でも色気でもなんでもいい。売れるものを売っておけ。松浦組長が倒れた時は、身体が引き換えだっただろう。あれを空《カラ》でやるんだ。女や金や、ましてや自分なんてのは、元手がかかりすぎる。要は、今俺にやってることだよ。あとは、ない知恵絞って考えることだ！」

「考える」

確かな口調で答えた。その力強さに驚いたのか、岡崎がおおげさに顔をしかめる。

「そんなに周平が好きか」

「好きだよ」

佐和紀は怯《ひる》まなかった。

「周平を追いかけていけないことはわかってる。だからせめて、自分の足で立ちたい」

「おまえは、やっぱり男だな」

ため息をついた岡崎が、声をひそめた。

「周平の周りにはな……、公安の人間がいる」

「警察？」

「『特高』だよ、佐和紀。そう言えば、おまえにも少しは危なさがわかるだろう。どの部署かは知らないし、そこはおまえも探るな」

戦中の言い方をされると、佐和紀にもだいたいの想像はつく。時代ズレした知識が可笑《おか》しいのか、岡崎は笑いながら、自分の腕を掴んでいる佐和紀の手を握った。

岡崎の指の熱さが、佐和紀の気持ちを不思議と穏やかにする。懐かしくて、そしてせつない感覚だ。

「おまえがちょっと動いたぐらいでたどり着ける本丸じゃない。だから、心配するな」

「周平はこっち側の人間じゃないんだな」

「そうだ」

岡崎が答える。

「生きる世界が違うから、結婚させたんだ?」

「そうだ」

岡崎の手がするりと離れた。

「どんなにおまえを愛しても、あいつは道連れを作らない。……傷つくか?」

「あぁ、うん……。いや、わかる気がする」

この一年、周平という男をずっと見てきた。たった一年だ。

でも、きっと、何年も一緒にいた岡崎よりも佐和紀の方が、周平のことはわかる。

それはもう、周平と愛し合っているかどうかの違いだ。

「大丈夫か?」

心配そうに顔を覗き込まれ、佐和紀は微笑《ほほえ》んだ。

そういうところも含めて、周平を好きになった。だから、自分のために迷わせるなんてしたくない。繋いだ手を離すことが二人の終わりになるなんて、信じる方がどうかしている。

かつては佐和紀の心を支配していた疑心暗鬼だ。それが今は周平の胸の中に巣食っている。

「俺はな。あいつの人生が、一瞬でも満たされたらいいなんて微塵も思ってなかったんだ。できれば、おまえらがお互いに傷つけ合えばいいと思ってた」

岡崎が心底から憎らしげに言う。佐和紀は笑いながら、髪を掻《か》き上げた。

「人が悪いな」

「……おまえほどじゃない。佐和紀。本当は、周平の行く先だとか、別れたくないとか、そんなことはもう心配してないんだろ」

「周平は、本当にひねくれてるよな。……俺が全部差し出したってさ、まだ足りないんだ」

佐和紀は遠くを見つめて、くちびるを引き結ぶ。

「俺と周平のことは気にするな。こんなことはよくあった。意地の張り合いだからな。でも今回はどうだろうな。泣きついてくるかもしれないなぁ。お前にいじめられて」

「そんなこと……無理だろ」

いつだって泣かされるのは佐和紀の方だ。ベッドの中でも外でも。

なのに、岡崎は意味ありげに笑う。

「どうだかな。……達川の組長も、牙《きば》の二、三本は抜いておけよ。トラブルメーカーだから、組でも手を焼いてるんだ。手懐《てなず》けてくれれば助かる」

「俺は座ってるだけだ。あとは周平の仕事だろ」

「黙って座ってられるタマか、おまえが。ったく、嫁におさまったらおさまったで、厄介なヤツだ」

楽しげに肩をすぼめ、岡崎は挨拶もなく母屋へ入った。佐和紀は見送りもせず、門の方へ目を向ける。

かつて、こおろぎ組で一緒だった頃、岡崎には恋に近い憧《あこが》れを感じていた。

あの感情がなぜ決定的な恋にならなかったのか。

周平と岡崎の違いは『性根の悪さ』だ。

岡崎が踏みにじれないものを、周平は幾度となく代わりに踏み汚して歩いてきたのだろう。そうやって、あの二人の歩く道は作られた。

心を殺して生きてきた周平の冷徹さは、身を守る手段のひとつだ。カタギの暮らしには二度と戻れないように自分を追い込み、それでも生きていこうとしてきた結果だ。

ぼんやりしながら待っていると、岡村の運転する車が玄関前に入ってくる。

暖かい日差しの中で、春風が木々の葉を揺らして吹き抜けた。

過ぎゆく冬を惜しんでいる自分の心に気づき、佐和紀はくちびるの端を歪める。どんなに足踏みを望んでも、季節は、確実に過ぎていた。

2

二人の前にコーヒーカップを置いた構成員は、一礼もそこそこに部屋を出ていく。残されたのは、コーヒーの香りと、不機嫌な顔の若頭、そしていつも通りの若頭補佐だ。

どちらが先にカップを手に取るか、それさえ牽制《けんせい》し合う雰囲気の中で岡崎が腕組みを解いた。

「で、達川組の組長は出てきたのか」

「出てきましたよ。まだ警戒してますが、なんとかなります」

「佐和紀を餌《えさ》にすれば釣れるからだろう。おまえは、俺の言ったことを少しもわかってないな？」

「わかってますよ」

周平はさらりと答える。

「わかってねぇだろうが」

これみよがしに舌打ちした岡崎がカップをソーサーへ戻す。

「京都の一件で、佐和紀はどうなった。あいつを無駄に晒《さら》すな。こんなやり方なら表に出したことにならないと思ってるわけじゃねぇだろ。佐和紀が利口になりゃ、おまえがボケるのか。いい加減にしとけよ」

「いまさらきれいごとはやめてください」

岡崎の睨みを真っ向から受け止め、周平はジャケットの内ポケットからタバコを取り出す。プライベートで揉めていても、仕事は別物だ。定期報告をするために、周平は事務所を訪れていた。

「使えるものは使いますよ。それが俺の生き方だし、あんたたちが俺に求めたものだ。佐和紀が男だろうが女だろうが、いまさら何も変わらない。……京子さんはわかってるでしょう」

「あいつと一緒にするな」

「ご自分の奥さんじゃないですか」

目的のために手段を選ばないのは、周平よりも京子の方だ。京都行きで佐和紀を試してこいと命じたのも京子だった。

「……だから、あの時、殴られたんですよ。京子さんの代わりに。俺はいい舎弟だと思いますけどね」

「ふざけるな」

「俺に佐和紀を押しつけたのは、あんただ。惚れたのが悪いと言うなら、いつでも切ってください」

「バカが」

岡崎が顔をそむける。

「佐和紀をダメにするのはおまえだ、周平。年長者の余裕なんてな、あいつを前にしたら消し飛ぶ。溺《おぼ》れて目の前が見えなくなるぞ」

「なってますよ」

周平は即答した。性根の優しい兄貴分は口ごもって頭を抱える。

「おまえも佐和紀も、ろくなもんじゃねぇな」

「弘一さんの理論なら、でしょう。知りませんよ、そんなこと」

「最低だな」

「なんとでも言ってください。どうでもいいんですよ。周りの思惑なんて。返せと言われて返せるようなものじゃない。佐和紀は、そんな安くない。だから俺に押しつけて、弱らせたかったんでしょう」

「まさか、こんなことになるとは……な」

額を撫でさすり、岡崎は重いため息をつく。

「佐和紀がな、おまえは組の外で何をしてるのかって聞いてきたぞ。不安がらせて楽しいか」

「あんたは、俺と佐和紀と、どっちの味方なんですか」

「おまえも佐和紀も、俺にとっちゃ、かわいい弟だ。疑うなよ、そんなこと。……言っとくけどな、俺は京子を止められない。このままお前が佐和紀を囲い込めば、あいつは怒り狂うぞ」

「役に立たない『旦那』ですね」

「その言葉、おまえにもそっくりそのまま返してやるよ。いつも通り、俺に下げ渡せばいいものを、惚れたりしやがって。知らねぇからな」

「何がですか」

「てめぇが自分で火を点けたんだよ。……佐和紀に」

岡崎の目が、爛々《らんらん》と輝いた。意地の悪い笑みを向けられ、周平はかすかにあごをそらす。

「一番の理解者みたいな顔はしないでもらえませんか」

「余裕がねぇなぁ、周平」

せせら笑いを向けられ、平常心の仮面にひびが入る。手にしたタバコを折ったことに気づき、周平は表情を歪めた。

ソファーにふんぞり返った岡崎が足を組む。

「おまえがどんなにあいつを変えても、俺は十九の頃を覚えてる。佐和紀も忘れてないだろう」

その言葉に、周平の胸の奥が冷えた。

折れたタバコを灰皿へ捨て、眼鏡をそっと押し上げる。

「おまえらの仲を邪魔するつもりはない」

岡崎が静かに言う。

「佐和紀がそれを望むなら、俺はかまわない。この先も、俺はあいつの過去にだけ住んでる。こおろぎ組を出た時から、それぐらいの覚悟はできてんだよ」

「……佐和紀にとって、それほどの存在じゃないでしょう」

「おまえが答えることじゃねぇよ。真実は、あいつの胸の中だ」

確信している岡崎の目がふっと細められ、記憶の中の佐和紀を思い出している気配に周平は苛立《いらだ》った。胸の中にふつふつとマグマが押し寄せ、こらえた感情が噴き出しそうになる。

佐和紀のことは、言われるまでもない。

一筋縄ではいかない、その存在の怖さも知っている。

脆《もろ》そうに見えて強く、あさはかと思わせて勘が鋭い。人の心の柔らかな場所にそっと押し入って、ただ静かに居座るような、そんな存在感がある。

「おまえにな、どんなに惚れたとしても、同じ釜《かま》の飯を食った仲間を捨て切れる男じゃない。……『男』として扱ってやるつもりなら、佐和紀の『筋』を曲げさせるな」

余計なお世話だと、喉元《のどもと》までせり上がってきた言葉を飲み込んだ。道理だ。岡崎の言い分は間違っていない。

ほんのついこの間まで、周平もそう思っていたからだ。『女』を囲うようにカゴへ押し込めるのではなく、自由に飛び回らせてやりたいと願っていた。なのに。

「愛想をつかされる前に、冷静になれよ」

それが現実に起こると言いたげな岡崎を、周平は強く睨み据える。

優しい兄貴分の忠告だと、素直に受け入れられない。

新しいタバコに火を点けた周平は、目を伏せ、沈黙に身を委《ゆだ》ねる。居心地が悪いのは周平だけだ。

岡崎は笑いながらコーヒーを飲んでいた。

＊＊＊

最後まで読み切った文庫本を閉じ、棚へ片付けに行く。ごっそりと買い込んだ時代小説のシリーズはまだ最初の数冊を読んだだけで、続刊は山積みに残されていた。次の巻を取ってソファーへ戻り、書類を読んでいる周平の膝を枕《まくら》にして転がる。

「もう読み終わったのか」

書類から目をはずさない周平の手が、佐和紀の前髪を無造作にいじった。

「んー、昨日から読んでるし」

ページをめくる手は止めない。

「そのシリーズはドラマ化されてるよな」

周平が書類を繰りながら言う。

ベイサイドにそびえる高層マンションのＬＤＫ《リビングダイニングキッチン》は一続きで、高い天井と二方向にはめられた大きなガラスに開放感がある。海外サイズの家具を配置してもまだガランとしていた。

今夜は仕事を手伝う岡村の姿もない。

二人きりで過ごす夜は、大滝組の離れで暮らしている頃にもあった。

距離を置いた場所で詰め将棋をしながら、書類を読む周平の邪魔にならないように、こっそりと盗み見ていた。それが今では、遠慮なくもたれかかり、自分も読書に耽《ふけ》っている。

詰め将棋をすることもあるが、その時もソファーに座る周平の足の間に収まり、そばからは離れない。身体の一部分だけでも寄り添っていると、気持ちが安らぐからだ。

「達川組の件、うまく行ったぞ」

周平に言われ、文庫本を半分ほど読み進めていた佐和紀は目を向けた。

サインした紙をテーブルへ投げた周平が、疲れ切った深い息を吐き出して眼鏡をはずす。

ノートパソコンのそばに置かれていた束が、ごっそり横へ移動している。それだけの仕事を済ませた証拠だ。

目頭を指で揉んだ周平は、拭いた眼鏡をかけ直す。

「揉めてる相手と内々《ないない》で、手打ちをすることになった。おまえの同席は断ったからな」

「……そこで、どうして俺の名前が出るんだよ」

「それは俺が聞きたい。弘一さんにまた嫌味を言われて、返す言葉を探すのに苦労した」

笑いながら立ち上がった周平は、棚からワイングラスをひとつ取り出し、冷蔵庫に入れてあった飲み残しの栓を抜く。

「顔を合わせるたびに言ってくるんだから、あの根気もよっぽどだ」

「いつまで続けるつもりだよ」

そばへ寄ると、ワイングラスを渡される。一口だけ飲んで返した。

「……おまえのことを言わなくなるまで、か？」

問い返してくる周平が笑う。一見穏やかな表情の奥に、鈍く燃える感情がある。思わず視線をそらすと、頬を指先で引き戻された。

「何が言いたい」

「何も」

　と、答えたところで周平は納得しない。

「……仲直りしろとは言ってないだろ。そういう目で見るなよ」

　軽く息を吐き出して離れようとしたが、すかさず腕を掴まれる。逃げようとしたことをまなざしで咎《とが》められ、できる限り真剣に相手を見つめた。

　もしかしたら、自覚がないのかと思う瞬間がある。岡崎とケンカになったあの日を境に燻《くすぶ》りはじめた周平の『嫉妬心』は、京子と出かけることを邪魔するだけでは飽き足らず、岡崎の話を少しでも口にしようものなら一気に炎上する。

　腰を抱き寄せられ、くちびるがディープに重なった。互いの眼鏡がこすれ、乱暴に髪を掴まれた佐和紀はのけぞった。

「んっ……ふ」

　ぬめった舌のふちが触れ合い、淫靡《いんび》な感覚が身体を走り抜ける。耐え切れず大きく身を震わせた佐和紀は、ぎゅっと目を閉じた。

　嫉妬しながらの交わりはよくないと思う理性が、一部分ずつ欠けていく。甘いセックスに慣れきった身体は、嫉妬で猛《たけ》る周平さえ欲しがって疼《うず》いた。

「ま、待て……よ」

　アイランドキッチンに腰をぶつけて我に返る。着物の裾を引き上げられていることに気づき、周平の胸を手のひらで押し返した。

「こういうのは、嫌だ」

今日という今日は、はっきりと告げる。周平は意外そうに片眉を跳ね上げた。

「嘘《うそ》つけよ。キッチンでやるのも嫌いじゃないだろう」

「岡崎の、話をした後に……するのは、嫌だ」

「佐和紀」

硬い声で呼ばれ、身をすくめて視線をそらす。

どんな抱かれ方だろうとされれば気持ちがいい。『女』になると宣言して、周平の好むようなセックスに耽溺《たんでき》した身体は、すっかり開発されてしまっている。自分から肉欲を貪《むさぼ》る術《すべ》も知っていた。

だからこそ、佐和紀は嫌だった。嫉妬で淀《よど》んだ周平を受け入れたら、心が置いていかれるようで、たまらなく怖い。

「風呂に、入ろう？　な？　それから、酒を飲んで、仕切り直して」

腕から逃げて、足早にドアへ向かう。とにかく雰囲気を変えようと、ドアノブを摑んだ。

男の手が横から伸びてくる。開きかけたドアを閉められた。

「佐和紀」

もう一度、名前が呼ばれる。今度は囁《ささや》くように優しくて、佐和紀はどうすることもできずに、ただ、うつむいた。

岡崎から、よっぽど気に障ることを言われたのだ。

そう思ってから、自分の考えを打ち消す。

きっと、周平は何を聞いても機嫌を悪くする。これが、佐和紀のわがままの結果だ。

色事に疎い佐和紀を案じ、自身にセーブをかけていた頃の周平は独占欲にもフタをしていた。

でも、佐和紀が望んで『カゴの中の鳥』になった時、周平のタガははずれてしまった。

二度とするはずのなかった恋が、周平を嫉妬に走らせ、いまさら『鳥カゴ』に鍵《かぎ》をつけようとする。

そして、手酷《てひど》く裏切られた過去が、周平を執拗《しつよう》にさせていた。佐和紀の愛情を繰り返し試して、一度目の恋とは違うと、何度も確かめてくる。

「……周平」

「こっちを向けよ」

言う先から、周平の手が佐和紀の帯を解く。柔らかな兵児帯《へこおび》が音もなく床に落ちた。

「こんなの、感じないから」

息を詰めて訴えた。嫉妬で抱かれるのは今日が初めてじゃない。もう何度も限界を試され、そのたびに佐和紀は奥歯を噛む思いで羞恥《しゅうち》に耐えてきた。

「本当かどうかは身体に聞いてやるよ」

「身体は関係ないだろ」

振り返った肩を掴まれ、ドアに押さえつけられる。伊達《だて》帯が抜かれ、着物が襦袢ごと滑り落ちた。

「……っ」

肌着の上から、肉の薄い胸を掴まれる。揉みしだいた指が先端へと移動して、鋭い痛みに佐和紀の息づかいがうわずった。

「はっ……っ」

痛みでこわばった後にやってくる、甘だるい弛緩《しかん》を待ち受けた周平が、いやらしい動きで乳首を摘んだ。肌着の布ごと引っ張られて揺すられると、じわじわと腰に熱が集まる。

「……ん、ふっ……」

「そんな物欲しげな顔で、やりたくないなんてよく言えるな」

「うるっ、さ……」

「舐《な》めてやるからシャツを引き上げろよ」

イヤイヤをするように首を振ったが、本心からは拒めない。震える指先で指示に従った。

「あっ……あ！」

舌で舐められ、吸いつかれた瞬間、身体が跳ねる。佐和紀は周平の肩を突き飛ばして逃げた。

「騙《だま》されるかっ……。嫌だって言ってんだろ。……こんなの、こんなの……」

繰り返すくちびるが震え、佐和紀はさらに距離を置こうと後ずさった。

「こっちへ来いよ、佐和紀」

「嫌だ。絶対に、嫌だっ！　周平。おまえ、疲れてるんだよ。……来るな」

床に落ちた兵児帯を拾い上げ、周平が微笑む。

「おいで。佐和紀」

逃げようと思えば、逃げられる。でも、相手は周平だ。

見つめられたら、もうどうにもならない。

「周平……、少し時間をくれるだけでいい。縛るのは、イヤだ。周平、周平っ……」

抵抗らしい抵抗はできなかった。腕を掴まれ、兵児帯が両手首を縛《いまし》める。

「俺の気持ちがわかるだろう？」

正面から抱き上げられ、答えに詰まった。

優しい手管で酷く抱かれることを期待せずにいられない。快感は麻薬だ。ダメとわかっていて欲しくなる。

寝室へ運ばれ、ベッドのふちに下ろされる。

眼鏡を取られて目を伏せた。うつむくあごに指がかかり、顔を上げさせられた時にはもう、スラックスから引き出された屹立《きつりつ》がくちびるのそばにあった。

雄の匂《にお》いがして、先端が押し当たる。

「ん、ふっ……んっ」

口の中いっぱいになるほどの周平の昂《たか》ぶりが頰の内側を突いた。

「もっと、開いて」

唾液《だえき》がこぼれるくちびるの端に、周平の親指が入る。後に続いた人差し指と一緒になって上下の歯を強引に開かれた。

「はっ。は……っ」

もう片方の手が髪を撫でながら頭部を固定する。その繊細な動きとは裏腹に、腰の動きは淫《みだ》らに佐和紀の粘膜を犯した。

「……っ。一年前、おまえは噛んだよな」

息を詰まらせながら、周平が笑う。

「んっ、ん……ぐ……っ」

佐和紀が唾液を飲み込むと、連動する舌先が行き場を求め、周平の張りつめた肌に絡む。

ふー、ふーと鼻で息を繰り返し、佐和紀は苦しさに涙を滲《にじ》ませた。

「好きでもない男と寝てもいいと、本気で思ってたのか？」

「っ……はっ、……ん」

「あの人は俺がおまえに酷くすることも知ってたんだ。おまえが逃げることも」

「……ふっ、ぅ……」

周平の膝に股間《こかん》を撫でられ、たまらずに顔をそらした。唾液が点々と落ちている床に気づき、恥ずかしさで肌が熱くなる。

「捜しに行かなきゃ、おまえは今頃、あの人の腕の中だ」

「……んなことっ」

「ないと思うか？」

周平の手が腋《わき》の下を支えて佐和紀を立たせる。

「簡単な話だろう」

身体を反転させられ、膝をベッドにつくように足で促される。帯ごと腕を掴まれると肩がきしむように痛んで、耐えられずに傾《かし》いだ上半身がベッドに倒れた。高く突き出した腰から下着が引き下ろされる。

「しゅうへっ……い…」

不安になって呼びかける声がくぐもった。縛られるのは初めてじゃない。でも、それはいつだってもっと身体のことを考えた体位だった。

今の縛られ方は、自分で腹に力を入れておかないと腰が反り返って痛み、肩と首への負担も大きい。

「逃げたおまえに新しい取引を持ちかけることが、あの人の作戦だったんだろうな」

「……もうっ、そんなことは……」

どうでもいいと言う前に、周平が尻《しり》の肉を摑んできた。何をされるかは身体が知っている。おもむろに舌が這《は》い、佐和紀はたまらずに逃げようとした。でも、体勢が悪い。

「んっ……、やっ」

佐和紀の嫌がる言葉が惰性だと熟知している男は、遠慮のない舌使いですぼまりを舐め回す。羞恥で腰が震え出すほどに、舌の動きは意地悪く細かさを増す。

「あっ、あ……」

熱い息づかいが吹きかかり、佐和紀は艶《なま》めかしく腰をよじらせた。

布団に額を押し当てて身体を支えると、生き物のように揺れる自分の性器が視界に入る。その卑猥《ひわい》さに、たまらず目をそらす。

「……もっ……」

嗚咽《おえつ》に似た声が漏れ、腕を拘束している兵児帯の柔らかな布地を、指先で引っ掻いた。

「う……っ、んん……や、だッ……」

「俺が、あの人に嫉妬してると思うか」

周平の声が冷たく肌に突き刺さり、言いようのない不安が胸に募る。摑まれた肉から手が離れ、もがきながら逃げようとしたが、すぐに引き戻された。

「あ……っ！」

ジェルが直接、身体の中へと注がれる。佐和紀の腕を押さえた周平の指がねっとりと背中をなぞり、最後に肩を強く摑まれた。それだけのことなのに、

「ひっ……」

と、喉が鳴る。わざとらしい卑猥さで弄《もてあそ》ばれていることはわかっていた。

一年近く『加減して』抱かれ、快感に馴染《なじ》んだ頃に激しさを受け入れた身体は、佐和紀の人生のすべてを裏切り続けている。快楽の先には悦楽があり、その先にまだ愉悦が残されていた。周平が与えてくる性的な快感は果てがない。

肌と肌の触れ合いや、心と心の交わりを越えた、ただの淫行を周平は知っている。『色事師』の異名は伊達や酔狂じゃない。たとえ愛や恋がそこになくても、周平は支配と服従と屈辱に基づく愛欲で人を支配することができる。嫉妬で理性を失う時の周平は、自分の過去をなぞるように、佐和紀の知らない『色事師』に戻っていた。

「周平……。嫌だ、いや……」

いつまで経っても穴に触れられず、代わりに、尻の肉を揉みしだかれた。

すぼまりから溢れ出るジェルを視姦《しかん》される羞恥に、佐和紀は背を丸めて喘ぐ。目を閉じても、開いても、周平の表情が見えない心細さは変わらない。

「……っ、あ……ぁ」

喉から出てくる息づかいも次第に震えて、やがて焦《じ》れた泣き声になる。

「周平……周平ッ。こんなの、嫌だ。……っ、いや、だ……」

それなのに下腹部は痙攣《けいれん》したようにヒクつき、反り返ったものが根元から揺れる。先端が布団を包むカバーの布地に触れただけで、腰の動きが止まらなくなった。

「あ、あっ……なんで、こんなっ」

イキたいのに許されず、身体が大きくわなないた。

期待感だけでこんなにも感じている。くちびるを嚙んで耐えていた佐和紀は、こらえた呼吸を一気に吐き出した。

「あぁッ！」

感情が堰《せき》を切って流れ出す。

「……んでっ、だよ！　俺がっ、悪いわけじゃ……っ」

「そうだな」

周平の声が甘くかすれる。

「その自覚のなさだろ」

「はぁ？　ふざけんなっ……もう、やだ。ほどけよっ……。相手、してられっか！」

感情をぶちまけると、涙がボロボロ流れた。布団にこすりつけて拭《ぬぐ》い、快感から意識をそらす努力を試みる。

シャレにならないと気づいたのは、周平の指が腰を掴んだ瞬間だった。頭の片隅でブザーが鳴り響いたが、警告には遅すぎる。

「……やめ……ッ」

逃げる隙《すき》を与えられず、先端がぐいっと押し当たった。

めりめりと肉をかき分ける感覚から逃げようと腰を振る。反り返った上半身が、耐えられずにその場につぶれた。突っ伏した佐和紀の腰を引き上げず、周平はそのまま体重をかけてくる。

「……バカッ！　切れ、る……。いっ……」

声が引きつれた。指で慣らされていない場所に周平の太さを飲み込むなんて、到底無理だと思った。考えられない。

「慣らしただろ？　舌で」

「ふざけんなっ。あんな、ぐらいで……」

上半身が押しつぶされると、張り詰めた性器が布団に押しつけられて痛み、佐和紀は腰を引く。苦痛から逃れるには自分からこすりつけるように腰を上げるしかなく、わずかに開いた片膝を周平に押し上げられて身体がねじれた。

「……なっ」

まだ続けることが信じられなかった。完全に抵抗できない体勢の負担は大きく、少しでも楽になるためにはもう転がっているしかない。

「自分がどんな身体になったか、教えてやるよ」

勝ち誇った響きは、余裕に満ちていて楽しげだ。

佐和紀の身体の脇に腕をつき、周平が腰を動かす。

「はっ、う……っ！」

圧倒的な存在感がねじ込まれ、佐和紀は呻《うめ》いた。

周平の亀頭がぐりぐりと動き、たっぷり注がれたジェルが水音を立てる。

「あぁ……っ、もう、こんなの……っ」

佐和紀はしゃくりあげて息を吐く。

カリ高な昂ぶりがずるりと押し入《い》ってきて、びくびくと腰が震えた。そのまま貫いて欲しいほどの気持ちよさが渦を巻き、佐和紀の頭の中もまたジンジンと痺れる。

「セックスの前に岡崎の名前を出されたくないのは、思い出すからじゃないのか。おまえの大好きな兄貴分だろ？」

「んなわけ、あるかっ！　ふざけんな！　本気で言ってんじゃないだろうな……っ。くそっ！」

さっきまで『あの人』としか言わなかった名前を、今になって口にする周平のあざとさに怒りが湧《わ》き起こる。佐和紀は自分の頭を、布団へと思いきり打ちつけてわめいた。

日課のように身体を繋いでも、周平は絶妙に佐和紀の身体を見極めていた。固く閉ざ

していれば蕩《とろ》けるまでいじり、ほぐれていない状態ではめったなことでは挿入はしない。時々指だけで止めるのも、そこにある筋肉を休ませるためだ。

壊さないように管理されていると悟った時の恥ずかしさを思い出し、佐和紀は強くまぶたを閉ざした。

「このまま、奥まで欲しいだろ。来いよ」

周平に囁かれて、佐和紀は絶望的な目眩《めまい》に襲われる。

「それとも抜くか？　おまえが選べばいい」

「ここまで、しといてっ……」

「やっぱり、岡崎を思い出すと、恥ずかしくて抱かれる気にならないか」

「ずるいんだよっ……！　あんなやつ関係ないだろ。俺は、おまえがっ」

嫉妬して酷くするから嫌なんだと、言いたかったのに言葉にならなかった。

「くそっ……」

悪態をついてくちびるを噛む。腰を引き起こされて覚悟を決めたのは、いまさら引き戻る場所なんてどこにもないからだ。

心の中で罵詈雑言《ばりぞうごん》をわめき散らし、腰をよじる。腕を拘束されたままの不自由な姿で周平を迎え入れるには、自分で腰をくねらせながら押しつけるしかない。

「ん、ふっ……こんなこと、おまえじゃ、なきゃ……っ。あっ」

腰を左右に振って近づける
「……んんっ！　……んっ……嘘、だろ……」

快感の強さに驚きの声をあげながら、佐和紀は腰の動きをいっそう淫らにした。ゆっくりと回転させる。

「あ、あぁ……、ん」

快感の波が押し寄せ、腰が小刻みに揺れた。息を詰めて耐えると、肌が火照《ほて》り、汗が吹き出す。

「んっ……はぁっ……。信用、してないん、だろ……」

息を乱しながら、責める言葉を吐き出すと、奥を突き上げられる。

「んっ！」

かわされることは百も承知だ。そんな男だから、こんなことを平気で仕掛けてくる。

佐和紀が何をどこまで許すのか、それが恋の延長線上にあり続けるのか、周平は冷酷なほど真面目《まじめ》に試しているだけだ。

身体の中の性器が脈打ち、佐和紀は怒りも忘れた。快楽が引き起こす焦燥感に耐えられず、声を震わせる。

「あっ……も、突いてっ……周平ッ」

こんなに愛しているのに、どうして嫉妬に飲まれる振りでしか感情をぶつけてこないのか。どうにもならない虚《むな》しさが胸に溢れ、佐和紀は強い興奮を周平に求めた。

「ん、んっ……はぁっ！　……あ、あっ！」

激しい出し入れのたびに、汗で濡れた肌がぶつかり、いやらしい音が響く。かき混ぜられたジェルが淫らな水音を立てた。

「あ、……いいっ。周平、しゅうへ……」

岡崎が口にした『潮時』という言葉を、こんな時に思い出し、佐和紀は全身を貫く痺れに震えた。

ついていけば足手まといになり、離れたとしても周平は不安を抱《いだ》く。さびしさを募らせた佐和紀が、岡崎に抱かれるとでも妄想しているのだ。

そんなバカなことは、起こるはずもないのに。

でも、自分より立派な男を惑わせている事実は、佐和紀の身体を気持ちよくした。強い快感とせつなさで揉みくちゃにされ、佐和紀は荒い息を繰り返す。

「あぁ、あぁっ！」

根元から先端まで太い周平が、ぐずぐずに乱れた内壁を何度もえぐる。佐和紀のくちびるの端から唾液が溢れ、布団のカバーに新しいシミを作った。

「…い、く…っ……。んっ、いく、いく……っ」

一度も触れられていない佐和紀の屹立は、布地と腹部にこすれ、いつのまにか濡れそぼっている。

　このまま射精できそうなところまで追い込まれ、たまらずに叫んだ。

「……なま、え……、呼んで……っ」

　縛られたままの身体を丸める。額をベッドへすりつけた。

「……さわき……、佐和紀、佐和紀」

　せつなげな声で何度も呼ばれ、それだけで身体は深く満たされる。

　どんな無茶なことをされても、不安を感じても、結局は愛していた。

　周平だけが、自分の人生で唯一の男だ。

「周平っ……いくっ……んんっ！」

　布団を蹴《け》った足先をぴんと伸ばした佐和紀は、肌と布地の間で精を撒き散らした。ほぼ同時に、喘いだ身体の奥を周平の昂ぶりに穿《うが》たれる。

　熱い体液が吐き出され、佐和紀はもう一度、腹筋を痙攣させて身悶《みもだ》えた。

　自分でもわかるほど身体の感覚が冴《さ》え渡る。

　周平の顔を見れば、正面切って怒りをぶつけられない自分を自覚する。

　今の二人に問題があったとしても、そんなことで揉めるよりも抱き合っていたくなる。

　嫌がられたくないと思う弱さをやり過ごし、その後も佐和紀は拗《す》ねたふりで顔を伏せ続けた。

確かにもう『潮時』だ。

行くところまで行った二人の関係は、今までと同じではいられないところまで来ていた。

3

マンションの窓辺で、自分の身体に腕をまわす。大島紬のなめらかな手触りを指で確かめ、小さなため息をつく。

不安定な体勢に耐えた腰の痛みは翌日も残り、佐和紀は不機嫌に振舞ったが、周平の態度は変わらなかった。いつものようにキスをされ、いつものように触られ、顔をしかめて払いのけたが、それ以上は拒めない。

それさえ二人の日常だった。三回に一回はしつこいセックスに泣かされ、嫌だと繰り返しながら受け入れ、いつのまにか一週間が過ぎている。

窓辺から離れ、リビングのテーブルへと近づいた。

丸缶のフタを開けてタバコを一本取り出す。懐かしい缶入り『ピース』は松浦の好む銘柄で、昔からこれ一筋だった。コンビニでは扱っておらず、長屋のそばのタバコ屋で取り寄せてもらっていた。

フィルターのついていない一本を、くちびるに挟んで火を点ける。軽く吸い込んで、髪を掻き上げながら窓辺に戻った。

春の日差しが降り注ぐ海は明るい色調で輝き、かすかに湾曲した景色は見晴らしがいい。

灰になっていくタバコの先端が視界に入り、佐和紀は三井を思い出した。

まるで友達《ツレ》のようなタメ口で話す世話係の一人は、佐和紀が灰皿に残るシケモクを拾うのを嫌がり、見つけるたびに貧乏くさいと血相を変えて怒った。

その顔が脳裏に浮かび、苦笑いで眉をひそめる。

こおろぎ組にいた頃、自分のタバコ代を出せなかった佐和紀は、松浦が吸い残したピースの葉を集め、長屋の子供からもらった習字用の半紙で自家製タバコを作っていた。味はどうであれ、ニコチンが身体に吸収されれば安心できたのだ。

公私が混ざった二人きりの暮らしの中で、缶ピースだけが、はっきりと松浦の領分だった。吸えと勧められても頑として断り続けたことを思い出し、両切りのショートピースを軽く吸い込む。

濃厚な味わいの煙が口の中を満たした。まろやかさを味わって目を閉じる。

周平がどんなことをしようと、二人の幸福さは変わらない。誰かの干渉さえ、恋のおき火を焚《た》きつけるだけの要素だ。わかっていて溺れる愚かさは甘く、幸せなんだからいいだろうと開き直れば、日々は何ごともなく過ぎていく。

ゆっくり煙を吸い込んで、吐き出す。鼻に抜ける香りの心地よさにまぶたを押し開いた。

迷いは自分らしくない。それを知っていて迷うのは、相手が大切だからだ。嫉妬に名を借りながら物事の本質をごまかす周平の心に刻まれた傷を、自分なんかがどうにかできるものだろうかと思う。

それこそが、佐和紀の中にある迷いの正体だ。

「姐さん……」

聞き慣れた声がして、考え事が遮断される。

廊下のドアを振り返った佐和紀は眉根を引き絞って窓辺を離れた。

「どうした。おまえ、それ。誰にやられたんだ」

タバコを指に挟み、着物の裾をはためかせながら近づく。世話係をしている岡村の頬は赤く腫《は》れ、くちびるの端が切れていた。

殴られたことは明白だ。気色ばんだ佐和紀に、岡村は複雑な表情を見せた。その身体が押しのけるように突き飛ばされる。

後ろから現れたのは、赤いマニキュアの指が美しい京子だった。

「佐和ちゃん、荷物をまとめて」

いきなり言われて腕を掴まれる。

「すみません」

岡村が頭を下げた。

この場所を内密にしておくように、周平から言いつけられていたのだろう。頬の腫れている理由は、もう聞くまでもない。

白いツイードのパンツスーツに身を包んだ京子は、髪をきっちりと結い上げ、赤いピンヒールを履き、真っ赤な口紅をつけていた。完全武装だ。

その背後には数人の構成員たちが控えていた。大滝組の中でも屈強な力自慢を選んだのだろう。岡村と佐和紀以外は誰も靴を脱いでいない。土足で踏み込んできた剣呑《けんのん》さにあえて触れず、佐和紀は静かに京子の腕から逃れた。

ダイニングテーブルの灰皿で消す前に、最後の一口を吸い込む。

「聞こえてるわね」

「はい」

振り返った。

「やっぱり荷物なんていいわ。とにかく、出ましょう」

嫌だと言えば力ずくなのだろうかと、見ればわかることを考えて息をつく。

岡崎に忠告された時から、予想していたことだ。心のどこかでは、京子が連れ出してくれることを期待してもいた。そうでなければ、この部屋からは動けない。

「シン、そこの文庫本だけ袋に入れてくれ。左の山だけでいい」

棚を指差すと、岡村は素早く動いた。

「行きます」

京子の命令に応じ、テーブルの上の丸缶を摑んだ。紙袋に入れると、構成員の一人が出てきて、岡村の手から荷物を取り上げた。

「周平さんに伝えてちょうだい。これ以上は許せないって。話なら屋敷で聞くから、来させて」

「そんな話になってるんですか？」

驚いた佐和紀が声をかけると、京子はチークが映える頬を苛立たしげに歪めた。

「そんな話にするのよ、これから。いらっしゃい、帰るわよ」

岡村だけをマンションに残し、性急に腕を引かれる。屈強な男たちに囲まれたままエレベーターに乗せられた。

ロビーへ出ると、ぴかぴかに磨き上げられた黒塗りの外車が、車寄せに三台も並んでいるのが見え、

「あー……」

その仰々しさに思わず声が漏れた。マンションの地下駐車場も高級車揃《ぞろ》いだが、同じ黒でも、車体が放つ雰囲気はあきらかに違っている。

見るからにヤクザの車を、他の住人たちはどう思うだろうか。

是非を問わない京子に肩を押され、真ん中に停まっている車の後部座席に乗り込んだ。

京子が隣へ続き、反対側からは構成員が乗ってくる。

「逃げませんけどね」

両側を挟まれた佐和紀は思わずぼやく。

「形よ、形」

笑い声で言った京子の目は、まったく笑っていない。

「こんなこと、許すつもりないの」

前の車が走り出し、佐和紀たちを乗せた車も発進する。京子は赤い爪《つめ》の先で赤いくちびるをそっとなぞり、自分を落ち着けるように肩で息を繰り返した。

「これは事実上の軟禁よ」

「軟禁ですか。でも、俺はこの前も、屋敷に行きましたよ。組長と将棋を……」

「私がいない時にねっ！　あの男はわかってるのよ。私が何を言ってものらりくらりと逃げて……。お稽古にだって出かけてないじゃない」

「京子さんを避けてるわけじゃ……」

「佐和紀はそうよ。でも、あの男は違うわ。絶対に違う。……岡崎や松浦組長に対して怒っているといっても、これはないでしょう」

「でも、俺は『女』として……」

「そんなこと、許さないって言ってるのよ！」

叫んだ京子の勢いに、運転手がハザードとワイパーを間違える。佐和紀は意味もなく動き出したワイパーを目で追った。

「佐和ちゃんが親分さんへのあてつけに、少しぐらいの自己主張をするのはいいのよ。かわいい意地っ張りだわ。でも、あの男は、何をしたって……、かわいくないのよ……」

京子の声がふいに地を這う低さになり、さすがの佐和紀も震え上がる。京子は怒っていた。それも、女のヒステリーを通り越し、ふつふつとマグマが煮えたぎる本物の怒りだ。

爆発したらどうなるのか。車に乗っている男たちは知っているのだろう。

さりげなく隣の男を見ると、無表情を装った目尻のあたりは、ピクピク痙攣していた。よっぽどだ。

「かわいいと言われるのは、心外です。俺も男だし、そういうのはちょっと」

「なら、男らしくしなさい」

はっきりと言った京子の目が据わる。長い爪が佐和紀の頬をかすめ、あご先を逆手に摑まれた。

「あんな男に好きなようにされて、喜ぶ佐和紀じゃないでしょう？」

「買いかぶりです」

「あんたは岡崎が欲しがる男なのよ。私はね、自分の男が、綺麗《きれい》なだけの男の尻を眺めて、物欲しさによだれを垂らすような、そんなゲスい人間だなんて冗談でも思いたくないの」

「……仲直り、は……」

過激な言葉の羅列を受け流して、ボソリと言うと、

「しないわよ。そんなもの」

京子は吐き捨てるように答え、佐和紀から手を離した。

「私は間違ったことをしてないわ。私には私のやるべきことがあるの。だから、その気のないあんたと岡崎の一席を設けもするし、あんたを試すことだって平気なのよ」

腕を組んだ京子が、後部座席のシートに身を預けた。

動くたびに漂う濃い香水は、目的意識がブレない女によく似合っている。

「……岡崎のこと、好きなんですね」

ふいに言葉が口をついて出た。自分が笑っていることに気づいて顔を引き締めたが、見逃さなかった京子の眉は瞬時に吊《つ》り上がる。

「好きじゃないわよ。あんなバカ。……私がどうすることもできなかった時に恩を売られてるから、返さなきゃいけないだけ」

そっけなく言って視線を窓の外へそらす。

「夫婦なんて、そんなものよ。どうでもいいようなきっかけの上に、惰性が繰り返されて、積もりに積もって。なんとなく情が湧いて、後に引けなくなる」

「惰性……」

口の中で繰り返した。

周平とのセックスも、いつかは義務感に支配されていくのだろうか。そう思うことは、先行きの不安よりも現状の危うさを煽《あお》り、胸の奥が痛くなった。

「佐和ちゃん。私が前に言ったこと、覚えてる？　あんたのまっすぐさが弟と似てるって」

そんなこともあったような気がしたが、明確には思い出せない。

「覚えてないならいいのよ。私の気持ちは変わらないわ。だけど、ひとつだけ聞いておいて。……あんたに、私ができなかったことをして欲しいと思うのは、私自身のためよ。だから、周平さんに独占されては困るの」

「……それは」

車内にいる男たちを気にした佐和紀に、京子が微笑みを浮かべる。すでに彼女の息がかかっている人間ばかりなのか、気にするなと言わんばかりだ。

「佐和ちゃんの恋を邪魔するつもりはないわ。初めて誰かを好きになって、相手に溺れないなんて嘘だもの。だから本当は、さっさとこうなって、適当なところで抜け出して欲しかったんだけど……。まさか、それを促してくれるはずの男の目が眩《くら》んでるなんて、ねぇ……。本当に聞いてあきれるわよ」

辛辣《しんらつ》に周平をこき下ろした京子が爪を噛む。

「ねぇ、佐和ちゃん。どうなの？　本当のところを聞かせてくれない？　本当に今のままがいいと思ってるの?」

「……俺は」

息を呑《の》んで、自分の指先に視線を落とす。

「本当なら周平と相談するのが筋だろうと思います」

本音が口をついて出た。

一人で生きているなら、答えは自分だけの意思だ。でも、二人で生きている以上、幸せを感じること、それさえも一人では決められない。

「あんたって子は」

律儀さを責めるように息をついた京子が、ふいに佐和紀の手を握った。

「生まれながらに女らしい女も、男らしい男もいないのよ。育てられ方と個性がそれを決めるの。だからね……、女の生き方が馴染まない女もいれば、男らしくなれない男もいる。本当は女の方が強くて、男は泣き虫なのよ。だから、大人はそれぞれに『半歩下がれ』『泣くな』と教えるんだわ。元から持っていないからそうやって補わせようとするのよ。……そうでなければ世の中の男はみんな、女のカバン持ちになるんじゃない?」

「そうかもしれないですね」

「いいえ、そうなのよ」

京子が強い口調で断言した。自分らしく生きたいのに、女でしかいられない京子の苦悩が指先から伝わってくる。

「あんたは間違いなく男だわ」

「カバン持ちですか」

「そうじゃないわよ。答えを自分で見つけようとするでしょう。男の習性って子供の頃から変わらないのよ。トライ&エラーの連続なの。試して、失敗して、また試す。そういうことよ」

「エラーばっかりですけど」

「難しいことにトライしてるからよ。今度は何をするつもりなの？　素直についてきてくれるとは思わなかった」

思惑を探られ、佐和紀はうつむいて言葉を探した。

「もう少し、あいつのことを、知りたくて……」

囁くような声で答えると、京子はにこりと笑う。

「周平さんのしようとしていることを言っているなら、私たちにはわからないのよ」

岡崎の話と同じだ。

「俺を試したのは、周平がいなくなるからですか」

「……そこまで知ってるなら」

「それしか知らないんです」

佐和紀ははっきりと答えた。

男として生きろと言った周平は、まだ理性的だった。大人の余裕を見せて笑う顔が脳裏に浮かぶ。

それは周平の本当の姿じゃない。嫉妬に駆られて乱暴なことをする周平こそ、あの男の本性だ。

そうでなければ、女に騙され、刺青《いれずみ》と借金を背負わされたとしても、人は『色事師』になんてならない。

それならばもう、守る者と守られる者、そんなふうに役割を固定することは無意味だ。周平だけを風上に立たせても、佐和紀は優越感に浸れない。同じ風を受けて、時には周平をかばいもしたい。

それが自分の愛し方だと、はっきり、言える。

「……答えを持ってるのね」

車が屋敷に着き、車から降りた京子が振り返る。

佐和紀は、無意識にタバコを探す指先で拳《こぶし》を握った。

「京子姉さん。俺はいつも、今しか見えないんだと思います。……明日は放っておいても、夜が明ければ絶対に来るじゃないですか」

「明けない夜はない？」

京子が小首を傾げて笑う。使い古された言葉だ。

髪を掻き上げた佐和紀は、指先に残るショートピースの強い香りに気づいて笑う。灯《あか》りを消した長屋の部屋に響いていた、雨漏りの水音を昨日のことのように思い出した。

松浦が自分より先に死んでしまうことが、ずっと怖かった。

それは、松浦が自分にとって、心を捧げた相手じゃなかったからだ。親のように愛して、忠誠は誓った。でも、嫌われたくないとか、すがりついてでもそばにいたいと思ったことはない。

あの人は、守りたい相手じゃなかったからだ。

「夜が……どうしたって、終わってしまうんです」

嫌われたくないほど周平のことが好きだと思う自分の中に、欲望を見る。

嫌われたくないのは、好かれ続けたいと思う心の裏返しだ。

相手の『特別』でいたいと思う欲望だ。

それは今まで佐和紀が感じたことがないほど身勝手な感情だった。

あの男が欲しいと思う。

愛情よりも、憎しみよりも、人間としてのどうしようもない性《さが》が欲しい。

だからもう、鳥かごでは暮らさないと決めたのだ。

うずくまることも、迷うこともしない。強くなるための力をくれたのは、佐和紀の綺麗な外見ではなく性根の奥にある『男らしさ』を認めた、周平だ。

静かな夜は終わってしまったと、佐和紀は心の中に繰り返す。

でも、新しい朝も悪くはないはずだ。そこには周平が必ずいて、佐和紀は永遠に人生へと挑み続ける。

だから、そのための一手を打つのだと、佐和紀は夕凪《ゆうなぎ》のような心で誓う。嵐《あらし》は、すぐそこまで来ていた。


「おまえら何をやったんだ！」

若頭夫妻の暮らす離れの応接室に、当事者のような顔をして岡崎が飛び込んでくる。

親指を立てて背後を示し、ずいぶんと焦っていた。

周平が到着したことに気づき、佐和紀は読みかけの文庫本から顔を上げる。

「もう来てるの？」

ソファーにもたれかかったまま雑誌をめくる京子は、まだ仲違いしている旦那へ冷たい声だけを投げた。

あれから三時間。佐和紀と京子の間にも、会話らしい会話はなかった。

「えらく怒ってるぞ」

「あんたが怯《おび》えることは何もないわよ」

「誰が怖がるか。京子、おまえもたいがいにしとけよ。あいつは佐和紀が絡んだら人が変わるぞ」

「いいじゃない。あの男が必死になるところなら、お金を払ってでも見るわ」

「のんきなことを言うな」

額に手をあてた岡崎が、疲れきった表情で肩を落とす。

「佐和紀。おまえ、周平を連れてこのまま帰れ」

「勝手なこと言わないでよ」

京子が雑誌を閉じて立ち上がる。

「おまえが拉致《らち》ってきたんだろう。どっちが勝手なんだ」

「じゃあ、今のままでいいって言うの？」

「それはこいつらの問題で、おまえが口出すことじゃない」

「いまさら何を言ってんのよ。……わかってるわよ？　あんたの考えてることぐらい」

ふっと目を細めた京子が腕を組む。

「そうやって、共倒れを狙《ねら》おうったってそうは行かないんだから」

「あのなぁ、俺だって周平にコケられたら困るに決まってんだろ。今だって底意地の悪い圧力がかかってるっていうのに！　あぁっ！　もういい。京子じゃ話にならん。佐和紀、立て」

腕を摑まれる前に立ち上がる。文庫本にしおりを挟んでテーブルに置いた。

「いいんだよ。話があるのはこっちだから」

「何を言って……」

地団駄を踏みそうな勢いの岡崎は、開けたままにしていたドアをノックする音に身を固くする。まるでホラー映画の登場人物だ。振り返った後、斧《おの》かチェーンソーで殺されてもおかしくない。

「失礼します。お取り込み中ですか」

「入れ」

瞬時に若頭の顔になり、肩をそびやかして振り返る。

「さて、誰と話をすればいいですか」

営業トークでも始めそうな周平の声は一見穏やかだが、ふつふつとたぎる怒りを隠し切ってはいない。まるで嵐の前の静けさだ。

「京子さん。うちの岡村の顔に傷をつけるのはやめてくださいよ。若い連中から舐められるじゃないですか」

「あら、そう」

軽くかわした京子に周平が近づく。

背後には、頬を腫らした岡村を含め、世話係の三人が顔を揃えていた。

「それぐらいのことは、わきまえてもらっていると思ってましたが」

「わきまえてないのは周平さんの方じゃないかしら。旦那が嫁を軟禁しても、立派なDV《ドメスティックバイオレンス》だと思うけど？　わりに大人気ないことをするのね」

「そうですか」

京子の嫌味もどこ吹く風で、周平は眼鏡を指先で押し上げる。

「縛った痕《あと》が残っても、見せびらかす相手がいないのは、つまらないものですけどね」

「縛ったの!?」

京子が信じられないものを見るように後ずさった。そんなに驚くことだろうかと思う佐和紀をよそに、岡崎と舎弟たちも激しく動揺している。

「あんたの大事にするってなんなのッ？　そのうち、叩いたりするのがエスカレートして……」

周平に怒鳴っていた京子がいきなり振り向く。そういうセックスをしているのかと問う目から視線をそらした。

「あるわけないじゃないですか」

嘘をついたが、

「おまえはプレイなら何をされてもいいのか」

血走った目で岡崎が腕を摑んでくる。

「……あんたがなんで、今、それを言うんだよ」

話がややこしくなるのが、わからないのだろうか。

「愛情があれば身体を壊されてもいいって話じゃないんだぞ」

「壊されねぇよ。バッカじゃないの」

いつまでも清純なままでいると思い込むのは自由だが、激しい行為を挑まれて傷つくと思われるのは心外だ。それは周平と佐和紀の関係を知らない外野の意見であって、勝手な思い込み以外の何物でもない。

岡崎の腕を振り払い、周平へ視線を投げる。

「おまえも、わざと岡崎を煽るのはいい加減にやめろ。俺がいないところで説教されるのは、その言動のせいだろうが」

周平の眉が不機嫌そうに動き、佐和紀は胸をそらした。

こうして見つめているだけで、胸の内が熱くなるほど愛している。だから、許すのも、逃げるのも、負けるのも、もう嫌だった。

二人きりの世界にある鳥カゴでの生活はもう終わりだ。

そうしなければ、一生、周平の真隣には立てない。

佐和紀は着物の襟を指先でなぞる。つるっとした大島紬の感触が指に優しく、よれよれのトレーナーを着ていた一年前をせつなく思い出す。

「……帰るぞ」

差し出される周平の手を見た。前にもこんなことがあったと思い出す。

周平に愛されたくて、ただ自分だけを見て欲しくて、それだけが望みだった頃のことだ。受け止めてくれる腕に応《こた》えるのが怖くて素直になれず、いつか別れるのなら初めから欲しくないと突っぱねるぐらいに不器用だった。

「俺は、帰らないよ」

はっきり言うと、岡崎の手がもう一度、腕を掴んだ。引き寄せられて身体が傾ぐのを、踏ん張って耐える。

「何、言ってんだよ！」

叫んだのは三井だ。

残りの二人は唖然とし、京子も赤い爪の指先で口元を押さえた。

「佐和紀……」

子供に言い聞かせるような穏やかな声に、冷たい一瞥《いちべつ》を投げた。優しさと甘さが混ざり合った周平の視線は、佐和紀の心の柔らかい場所を締めつける。

教え込まれた快感が肌に甦《よみがえ》り、離れがたさに心が乱れた。

差し出される手に応えれば、心地のいい幸せに包まれることは知っている。でも、同じことをこれ以上は繰り返せない。

何かあるたびに、岡崎への嫉妬が存在するようでは困るからだ。そんなものは初めから存在しない。都合のいい言い訳だ。

優しさでごまかそうとする周平に軽蔑《けいべつ》の目を向けた。

余裕の表情が掻き消え、大股《おおまた》に歩み寄ってきたかと思うと、有無を言わせない力強さで岡崎のそばから引き剝《は》がされた。

抱き寄せようとする周平の腕を振りほどき、逞《たくま》しい胸を押し返す。勢いで出した声は、思う以上に大きく響いた。

「帰らないんだって……っ！　言ってんだろ！」

「何を吹き込まれた」

ため息をついた周平が恨みがましく京子を見る。まだ冷静さを失わない周平の頰に手を伸ばして、佐和紀は自分の方へと引き寄せた。目を合わせる。

「誰も関係ない。俺とおまえの問題だ。だから、帰らない」

「佐和紀」

「わかってないんだろ。……俺がどうしてこんなこと言うか。おまえ、本当にわからないの？」

互いの眼鏡のレンズ越しに、怜悧《れいり》な印象の目を覗き込む。ふっとそらされる視線が答え

だ。

精悍《せいかん》な頬から手を離し、佐和紀は肩で息をついた。

周平は確かに大人だ。こんなふうに詰め寄ると黙り込んで自分を守りに入る。

「俺が気づかないだろうなんて、バカにすんなよ」

睨みつけながら、人差し指を高級スーツの胸元に突きつけた。

「おまえが何を思ってるのか、知ってる。言われなくてもわかるに決まってんだろ。どれだけバカだと思ってんだよ。だいたい、こんなふうに変えたのはおまえだろ」

黙って聞いている周平に向かって、ケンカを売る勢いで続ける。

「変わった後で嫌になったなんて、俺は許さないからな」

「そんなことは思ってない」

「じゃあ、なんで黙ってるんだよ。黙ってちゃわかんねぇんだよ。どうしてとか、どうしたとか、普通はあるだろう。っていうか、そんなことじゃなくて！　言いたいこと、あるんだろ！」

「言えることじゃない。何もかもを口にすることが……」

「おまえなっ……」

片手を伸ばしてスーツの襟を掴む。息があがって、腕が震えた。

「姐さんっ」

慌てて駆け寄る石垣を、周平が首を振って下がらせる。

「本当に言わなくてもいいことなら、あんな抱き方すんなよ！」

「させた後で言うな」

その時の佐和紀を思い出すように、周平のくちびるに笑みが浮ぶ。瞳に浮かぶ淫猥《いんわい》な色香に、羞恥に勝る怒りが佐和紀の全身を駆け巡った。

冷静さを装って逃げる周平のそつのなさに、頭の線がぷつりと切れる。次の瞬間、右手で目の前の頬を張り飛ばしていた。

バンッと、大きな破裂音が鳴り響く。

「佐和紀！」

「姐さん！」

外野の五人がそれぞれに叫んだ。でも、一番声が大きいのは、かぶせるように叫んだ佐和紀の声だ。

「うっせぇんだよ！　人が真面目に話してんのに、ふざけんな！　好きでさせてるとっ……あぁっ！　そうだよ！　好きだから、させてんだろ。好きでもなきゃ耐えられるか」

両手で襟を掴み、周平を揺さぶった。

わかった、と、ただその一言だけを待っているのに、それはいつまで経っても周平の口から出てこない。佐和紀はぎりぎりと奥歯を噛み、力いっぱい襟を握りしめた。

言いたくない。真実を暴かずに済ませたい。

でも、そんなことは無理なんだろう。

「俺を今までの相手と同じように扱うなっ……」

声を殺して訴えると、周平の眉がピクリと動く。

佐和紀は凝視して眉を引き絞る。

「本気で言ってんじゃないだろうな」

低い声で言った周平に、手を引き剝がされる。

「俺が冗談で、こんなことを言うようになれば、それこそもう終わりだろ」

佐和紀はできるだけ落ち着いて話しかけた。

周平のためになら死んでもいいと今でも思う。

純情も愛情も何もかもを差し出して、誰にも見せたくないような淫らな肉欲もさらして。

もう他に渡していないものなんて何もない。

それなのにどうしたって、二人の人生はひとつにならないのだ。

結婚して、恋をして、生活も共にしている。なのに、二人でいてもさびしいことがある。

「誰よりも大切にしてるのに、他の誰と比べてるって言うんだ」

周平が見つめてくる。佐和紀は息を吸い込んで言い返した。

「おまえのことは、誰が大切にするんだよ！」

「そんなことか……」

「『そんなこと』じゃない！　どうでもいいことじゃない！」

佐和紀は地団駄を踏んで叫んだ。

「それは俺だろ？　俺がするんだろ！　おまえは俺のことを今までの相手とは違うって言うけど、してることは何も変わらない！　好きなように抱いてるだけだ」

感情のままに叫ぶ声が引きつり、佐和紀は自分の声を泣き出す一歩手前だと他人事《ひとごと》のように思った。

傲慢《ごうまん》で冷静な周平の心の中には深い傷がある。

それが周平に、二度と自分の人生を他人へ明け渡さない決意をさせているのだ。

二度目の恋を佐和紀としていても。この恋を失う怖さで、ありもしない関係に嫉妬しても。

周平は真実から目をそらし、自分をただ追い込んでいく。

伝わらない言葉のたまらなさに暴れたがる身体を、佐和紀は必死で抑えた。

岡崎に指先を突きつけて、周平を振り返る。

「俺とこいつの間に、いまさら何があるって言うんだ！　俺の過去に文句つけるなよ。どうにもならないだろ。周平と俺の人生は全然違うし、考え方も何もかもが違う。それでも、今は一緒にいる。それだけじゃ、どうしてダメなんだ！」

どうして、一緒に、前を向いてくれないのか。

「考えすぎだ。そこまでは、さすがに……」

失笑した周平が、また表情を消した。一瞬は見せた感情がさっと隠され、佐和紀の怒りを冗談にして逃げようとする。

「おいっ！」

離していた襟をもう一度、摑んで引き寄せた。

「逃げんな。岡崎がいる前ではっきりさせてやるよ」

顔を近づけて言うと、周平はあからさまに不機嫌な表情を歪めた。感情を抑え込んだ冷たい目で見られても、不思議と怖くはなかった。

これは真剣勝負だ。始まってから迷えば勝てなくなる。

「自分の劣等感を嫉妬にすりかえて、恥ずかしくないのかよ」

「言いがかりだな」

周平がため息混じりに佐和紀の手を摑む。

いつもなら心に沁みる温かさが、今は肌を逆撫でして腹立たしい。さらに苛立った佐和紀は舌打ちして、一度だけ強くまぶたを閉じた。

周平は何事も自己完結で済ませる。誰かに対する嫉妬も、将来の不安も、溢れすぎる愛情でさえ、分かち合おうとはしない。

いつだって周平は与える側で、佐和紀は受け取る側だ。それが今までは心地よかった。でも、この先も続けていくことは無理だ。佐和紀が変わったように、周平も変わった。なのに、そのことを周平は受け入れようとしない。

だから、佐和紀の胸の奥はささくれて、いつまでも引かない痛みに苦しめられる。

「あぁ、そうか。逃げ回ってたきゃ、そうすればいい。好きにしろ」

ぱっと襟から手を離して身を引いた。伸びてくる手を振り払って、自分の腕を取り戻す。

「……おまえが岡崎と比べてどうかなんて、俺は考えたことない。それを気にしてるのはおまえだけだ。俺がおまえを裏切るなんて、絶対にない。……それでも、違うって言うなら、もういい。俺は、俺なりにおまえを大切に思ってる。なのに、俺の気持ちを疑うなら帰らないし、もう二度と抱かれるつもりもないから」

「ずいぶんと強気だな。おまえに俺が拒めるのか」

「やってみる？　俺とおまえのどっちが強いかなんて、やるまでもないけど」

胸の前で腕を組んであごをそらすと、岡崎が袖を引いてくる。

「やめろ。佐和紀。シャレにならないぞ。自分で旦那の評判下げるようなことしてどうするんだ」

「大滝組の岩下が夫婦ゲンカで病院送りになれば、そりゃあ、喜ぶ連中は少なくないだろうな」

佐和紀は鼻で笑った。岡崎の手から袖を引き抜いて、髪を両手で掻き上げる。

「二人とも、もうやめましょう」

不安そうな石垣が、しゃしゃり出てきて、

「そうですよ。もう少し落ち着いて」

岡村が手のひらを見せながら後を続けた。

「落ち着いてるだろ」

周平が睨みつけ、

「外野はすっこんでろ」

かぶせるように佐和紀も凄《すご》む。立て続けに舎弟を黙らせ、お互いに向き合った。

「別れるつもりか」

「いや？　そんなつもりはないよ」

軽い口調で答えた。

二人の関係が変わりつつあることに、周平も勘づいていたのだと、声を聞くだけでわかる。だから、持て余す不安を嫉妬にすり替えて、あんな激しいセックスで隙間を埋めようとしたのだ。

色事師らしい考え方だと、佐和紀は思う。

「じゃあ、どういうことだ」

「言葉通りだよ。抱けない嫁なら離婚した方がマシでも、別れてなんてやらないよ」

「我慢比べなんて時間の無駄だ。泣きつくのを待ってるのも、悪くはないけどな」

スーツのジャケットの裾を払い、周平がスラックスのポケットに両手を突っ込んだ。ゆっくりと剝がれ落ちる余裕に、佐和紀は肩をすくめて挑発の笑みを投げる。

「あれだけ仕込んだから。なんて言うのは、笑わせるから黙ってろよ。おまえこそいまさら俺以外で満足できんのかよ。俺ぐらい身体の強い相手もいないと思うけど。どうなの。ちょっと、よそで遊んできたら？　少しは自分の立場がわかるんじゃねぇの？」

「……佐和紀」

声を低くする周平の後ろで、舎弟の三人が慌てふためいていて騒がしい。睨みつけても収まらず、佐和紀はあきらめて周平に視線を戻した。

「そういうことだから」

「佐和紀」

手首を摑んでくる周平の声は、見せかけの優しさと本心の苛立ちが混じり合って複雑だ。佐和紀は摑まれた手首に目を向けて、ゆっくりと二人の目の高さまで引き上げた。

「別れたいの？」

「おまえ、自分がどれだけ飛躍して、わけのわからないこと言ってるか、わかってるのか」

「だったら、なんだよ。俺がおまえのこと、嫌いにならないと思ってんの。旦那さん」

口にした言葉がそのまま自分の胸に突き刺さる。でも、気にせずに続けた。

引けば負ける。負ければそこまでだ。周平がこんな表情を見せることはもうないだろう。

「佐和紀」

他に言葉がないように繰り返す周平の手から力が抜け、思い直したように握り直される。

怒るに怒れないのは、殴ってくる佐和紀を殴り返せないのと同じ理由だろう。

それが佐和紀をいっそう憤らせる。わがままだということはわかっていた。見せたくない姿が周平にあるなら、それを認めてやるのが大人だろう。

でも、無理だ。自分の欲に勝てなくしたのは、目の前にいる『色事師』だ。かけ違えたボタンに気づかず、今のままでいいと思えるような関係にはなりたくない。

「岡崎へのあてつけで俺に何をしようが、それで周平が勝った気になれるなら、それもいいんだろうと思ってきた。……でも、嫌なのは、許せないのは、おまえが俺を信用してないってことだ。何が怖いの、周平」

一歩踏み込むと、周平の頬が佐和紀にしかわからない程度に引きつる。逃げられる前に、周平の手首を握って引き寄せた。

ずっと考えていたのだ。

周平が嫉妬を装って少しずつおかしくなっていく間、抱かれながら考えていた。

「他の誰にバカだと思われてもいい。だけど、おまえにだけは嫌だ。俺が何も気づかないバカだと思って、好きなようにされるのは我慢できない。……今のおまえがしてることは、岡崎たちがしようとしてたことと何も変わらない」

　言葉を聞くなり感情をあらわにした周平が佐和紀の手を振り払う。そのまま引き上がる右腕が振り下ろされる前に、佐和紀は条件反射で周平の頰を打った。

「殴れよ。去年は殴っただろ」

「……あの頃とは違う」

「何も変わってない。なぁ、周平。俺を抱くことで、岡崎には勝てたのか」

　一方的に殴られる周平の瞳《ひとみ》が揺れる。

　男として自分より上だと思ったから、周平は岡崎の下についたのだ。そうすることで、昔の女に傷つけられた自尊心を取り戻せると考えたのかもしれない。

　だけど、結果は、今の周平だ。

「答えろよ！　嫁にしたのも、抱いたのも、俺が岡崎のものだと思ったからだろう！」

「佐和紀、もうその辺にしておけ。言ってることがわからない周平じゃない」

　二人の間に立つ岡崎に胸を押され、引き離される。佐和紀は邪魔な男を睨みつけた。

「邪魔するなら出てけよ」

「おまえも男ならわかるだろう。触《さわ》られたくないプライドはある」

「俺にだって、ある！」

怒鳴り返して岡崎の肩を突き飛ばすと、腕を周平に摑まれた。岡崎を殴ろうとしていた佐和紀は、周平を睨んで足を引き上げた。蹴りを放つ前に三井が湧いて出て、押さえ込もうとした姿勢で周平の代わりに一撃を受ける。もんどり打って倒れたが、すぐに起き上がり、

「それぐらい、わかってるから！」

叫びながら足にしがみついてくる。

「邪魔するな」

三井の髪を鷲摑《わしづか》みにした手を石垣に押さえられ、もう片方の腕を岡村に摑まれる。世話係の三人に取り押さえられながら、佐和紀は苦々しく舌打ちした。

「……どうせ、こうなるんだ」

世話係は単なる役目だ。いざという時、どうせ自分に味方なんていない。

「京子！　人を呼んでこい。屋敷にいる連中、全部だ！」

岡崎が大声を張り上げる。

「恥をさらすつもりですか」

周平が京子を止めようと動き、それを見た岡崎がこめかみに青筋を立てて怒鳴りつける。

「佐和紀がキレたところ見たことないだろ！　すっこんでろ！」

「俺の亭主に、おまえが言うなっ！」

佐和紀は全身の力を込めて怒鳴り返した。

声は低く割れて、応接間の壁を震わせる。怯んだ岡村と石垣を振り払って殴り、三井の髪を摑んで引き剝がす。蹴り転がした足で床を踏み鳴らした。

「俺のことは、周平の方が知ってる！　迷惑なんだよ。そうやって、いつまでも俺の保護者面すんな！」

「それはおまえが」

「俺はもう二十歳《はたち》前の子供じゃない。おまえもだ、周平っ！」

怒鳴りつけてネクタイを引っ摑んだ。

佐和紀が選んだ濃紺のニットタイだ。強く握って引き寄せる。

「俺はおまえを選んだんだ。いつまでもガタガタと、古いことにこだわるな！　俺はおまえのものだ。一度も岡崎に勝ったことがないと、本気で拗ねてるなら言ってやるよ。……おまえ以上の男はない」

覗き込んだ周平の瞳から感情がなくなる。それは心を閉ざしたわけでもなければ、冷静さを保っているからでもない。ジワジワと滲み出る、周平らしい情熱の色に佐和紀は息を吐く。

「けどな、周平」

ネクタイから手をはずし、歪みを直してジャケットの乱れを整える。広い胸板にそっと手を置いて見上げた。

「俺が欲しければ、少しは自分を出せよ。見て見ぬ振りができるほど、利口じゃねぇんだよ」

「どうしろって言うんだ」

「出来のいい頭がついてんだろ。口説かずにモノにできるなんて思うな。俺に惚れたら、楽をさせてやるつもりなんてない」

今すぐにでも佐和紀を抱き寄せたがっている周平の胸を押して距離を取る。

そのまま背中を向け、唖然としている岡崎や舎弟たちのそばを離れた。ソファーの脇に置かれた紙袋から缶ピースを摑み上げる。

「誰かのために生きても、型にはめられるなんて俺には向いてないんだな」

そのまま部屋を出ようとして足を止めた。

「車、誰が出してくれる？」

振り返って声をかけると、くちびるの血を拭った三井が慌てて立ち上がる。周平に目配せするのを横目に見て、佐和紀はさっさと応接間を後にした。

＊＊＊

『弘一がどうのこうのって、そういう問題じゃないんでしょう』

赤い爪で髪を掻き上げながら言った京子の、あきれきった視線を思い出し、周平はうんざりと空を仰ぐ。

暗闇が広がり、春先の冷たい風が吹き抜けるばかりだ。

『あんたの二枚舌が、ここに来て致命傷になったのよ。あの子の言う通り、かわいがる振りで誰よりも侮っていたのがあんたなんだから、しかたがないわよ。箱入りのままを望んだ松浦組長と弘一もどうかと思うけど、やり方は一貫してる。あんたはいいようにしすぎたのね。それをわからない佐和紀じゃなかったの。それだけのことよ』

まるで高笑いでもしそうな雰囲気だった。

そして、佐和紀が狂犬と化して暴れ回らなかったことに安堵した岡崎からは、こう言われた。

『愛想つかされてる場合か、てめぇは。佐和紀を絶縁寸前に追い込んで、このザマはねぇぞ』

放っておいてくださいとも、関係ないでしょうとも言えなかった。

そして、やけに上機嫌な京子に、周平と舎弟は居間から追い出された。それが、その一幕の終わりだ。

飛ばせない仕事を済ませ、夕食も取らずに屋敷へ戻ってきたが、佐和紀がいる離れに顔を見せるのは気が重い。

運転手役の石垣から同行を訴えられたが断り、仕事で一緒だった岡村の沈黙責めに耐えながら母屋の車寄せで車を降りた。

そういう態度を取る時の岡村は、なんらかの不満を抱いている。今日であれば、間違いなく、佐和紀の肩を持っているとの意思表示だ。

なんでもいいと思いながら玄関の扉に手をかけた周平は、鍵がかけられていることに気づいた。戸締まりされていることは時々あったが、今夜に限ってはあからさますぎて嫌な気分だ。

庭先は雨戸が閉められていると予測して、母屋から渡り廊下を抜けた。そこも鍵がかけられていて、思わずため息が漏れる。

スペアキーを探しに母屋へ戻ろうとした背中に、廊下を走る足音が聞こえた。離れに待機していたらしい三井が、すりガラスの戸を内側から開けるところだった。

「お帰りなさい」

「どうしてる？」

出し抜けに尋ねたが、

「わりと普通です」

話はすんなりと通じた。今夜はそれ以外の話題なんてない。

「居間に」

と、三井が言うより先に、廊下へと灯りが漏れた。居間の扉が開き、

「誰も入れんなって言っただろ！」

顔を出した佐和紀が怒鳴る。

「知らねぇよ！」

振り返る前に思いっきり顔をしかめた三井が怒鳴り返す。

「なんの用？　帰ってくれない？」

佐和紀の声は冷たく冴えていた。不謹慎にもゾクっとするほどの雰囲気がある。

「話をしないか」

「話？　昼のあれで、夜には話をして、あっさり解決するとでも思ってんのかよ」

居間の中へは入れるつもりがないらしく、入り口に立った佐和紀に睨まれる。

「中へ入れてくれ」

「うっせぇ。帰れよ。タカシ、ぼやっとしてねぇで、送ってやれ」

「誰がぼやっとしてんだよ。あんなぁ、話ぐらい」

「うっせぇって言ってんだろ！」

佐和紀が手のひらで壁を叩いた。バンッと大きな音がする。

「おまえ、サンドバッグにでもなってみるか？　あぁ？」

「佐和紀。話をしにきただけだ」

本気でやりかねない勢いに笑うと、キッときつく睨み据えられる。

「だからさー、言ってんだろ。『昼』の『夜』で話すことなんかない。せめて一日は時間を置けよ。だいたい、夜に来るな。ふざけてんのか」

「時間を置けば拗ねるだろう」

「はぁ？　だから、なに？　ご機嫌伺いに来てやったって？　あぁ、そう。どうも、ありがと。おかえりはあちらですよー」

渡り廊下を手のひらで示され、その手を摑もうとして突き飛ばされる。慌てて駆け寄ってきた三井が周平の前に立ちふさがった。

「ダメだって！　冷静になれよ。な？」

佐和紀の機嫌を取ろうとするが、成果は一向に上がらない。綺麗な顔はますます不機嫌になり、二重まぶたの目はどんどん据わっていく。

「冷静になってたまるか。この男が『どこ』で話すか、おまえだって知ってるだろ。黙ってヤられる気はないし、強姦《ごうかん》されるのもごめんだから。それとも何か？　アニキ大事で、俺を押さえつける手伝いでもするか」

「おまえ、言いすぎ……」

「周平。一人寝ができなくて浮気しそうなら、好きなようにしてこい」

「したら、怒るくせに！」

三井が叫び、佐和紀に頬をひっぱたかれる。

「してもいない浮気の疑いをかけられてんのは俺の方だ！　ふざっけんな」

「佐和紀、悪かった。俺が悪かった。調子に乗ってたんだな」

「口先だけだな」

三井の肩越しに睨んでくる目が、真実を覗き込もうとする。

「他に言いようないだろ！　謝ってんだからさぁ！」

わめく三井の肩を押しのけて、周平は一歩、佐和紀に近づいた。

「今夜は絶対にやりたくない」

怒るほどに色気の増す目で睨まれる。

「謝ってもダメなのか」

「やれば納得いくのかよ」

「どうして欲しい」

「しばらく離れたい。……おまえに、ちゃんと考えて欲しい」

「考えてる」

「即答してんじゃねぇよ！」

また拳を壁に打ちつけ、佐和紀が肩で息を繰り返す。

「ちゃんと考えろって言ってんだろ！　岡崎のことだけじゃ、ねぇんだよ。そういうふうに、その場しのぎで優しくされんのが嫌なんだ。別に、おまえが喜ぶなら、どんなセックスだってしてやるし、それでいいんだ。けど、でも……」

「でも？」

「なんで、試すのか、わからない」

佐和紀はうつむかなかった。素直なまなざしの中に映る自分の顔を、周平は苦々しく見つめる。

「佐和紀」

「俺はおまえが好きだよ。おまえしか知らないし、おまえ以外を知りたいとも思わない。……過去を責めるつもりもない」

周平の言葉を遮った佐和紀の目が、一瞬だけ揺らぐ。

「松浦組長のことも、岡崎のことも、俺は捨てられない。それがおまえを傷つけたかもしれないし、俺の覚悟が甘いのかもしれない。でも、全部ひっくるめて俺だし」

「わかってる。そんなこと」

「だよな。おまえは、組に戻れって言ってくれたし、俺を『女』だとは思ってない。わかってる」

「佐和紀、本当は何に怒ってるんだ」

「言いたくない。っていうか、どう言えばいいか、わかんないんだ」

泣き出しそうに顔をしかめ、ちらりと三井を見るなり、膝下を蹴りつける。

「いたっ！　なに、すんだよ！　邪魔に思われようが、ここにいるからな！」

叫んだ三井をぎりっと睨み、佐和紀は泣き出しそうな気持ちを抑え込む。強がりしかない目で、また周平を見る。

「おまえの一番でいたいけど、だからって、そのために何もかもを許すのは嫌だ」

そう言った目にはやっぱり涙が浮かぶ。こぼれる前に拭ってやろうとした周平の手は振り払われた。

「佐和紀。おまえは、誰とも違う」

そう口にしながら、周平は重くのしかかる感情に気づいた。

佐和紀も同じことを口にしてきたのだ。

岡崎とは違う。誰よりも好きだ。おまえだけが特別だ。

そう繰り返してきた。なのに、周平が満たされるのは、その時だけだ。次の瞬間には、また佐和紀を責め、自分への愛を試している。

どんなセックスでも受け入れるのか、セックスしかない自分を許し続けることができるのか。何度も、何度も、佐和紀を試してきた。

「周平。本当にそう思うなら、今夜は帰れ。……来てくれて嬉《うれ》しかった。来ないより、ずっと嬉しい。でも、ごめん」

佐和紀の目から涙がこぼれ落ちる。顔を背けて鼻をすすり、着物の袖で顔を拭う。

「タカシ。周平のこと、頼むわ。俺は、もう寝るから」

「え。あ、あぁ……」

呆然《ぼうぜん》とした声で答えた三井が、せわしなく佐和紀と周平を見比べる。周平はうなずいた。

「わかった。今夜は帰る。何かあったら、京子さんに」

「……うん」

「佐和紀。泣くな」

伸ばした手が佐和紀に触れられず、戸惑《とまど》って宙に浮く。

「無理言うな。くそ亭主が。おまえのせいだ」

佐和紀はもう顔を上げなかった。居間へと入り、扉がぱたんと閉まった。

「いいんスか」

三井が、唖然としたまま聞いてくる。

「いいわけがないけどな」

そう言って後ずさり、きびすを返す。

「ア、アニキ！　あんな状態で、置いとくんスか！」

「じゃあ、どうすればいい。俺にできるのは、謝ってなだめることと、セックスでごまかすことだけだ。そんなことを望んでるように見えたか？」

「で、でも！」

渡り廊下へ出ると、三井は慌てて後を追ってきた。

「……アニキ、笑ってるんですか」

「いや？」

そう答えたが、頬がゆるむ。

「そんなんだから、怒られるんじゃ……」

「だろうな。あいつには見透かされてる。なんだかな」

「その顔、姐さんには絶対見せられない。また怒り狂いますよ」

「もう十分、怒ってるだろ。俺が何を言っても、今は無駄だ」

「どうするんですか」

「あいつの言う通り、時間を置いて、好きなだけ怒らせてやるしかない」

「え、そうなんですか……。えー、そうかなー」

「不満か？」

「本当にそれでいいんですか」

「いいんだよ。佐和紀の言ってることが正しい。ないものねだりを続けてるのは俺の方だ」

振り返ると、三井の顔にはよくわからないと書いてあった。

当たり前だ。夫婦間の会話が、第三者に悟られたらおもしろくない。

「飲みに行くか、タカシ」

「あ、俺は……」

珍しく言い淀む。

「付き合いたくないか」

「アニキを送ったら、戻ってこようかと」

「あぁ、弱った佐和紀につけ込むつもりか」

「な、な、何言ってんですか！　違いますよ！」

髪を振り乱した三井が飛び上がる。

「付き合います！　お供します！　どこでも！」

「まぁ、シンとかタモツが張ってるよりは、おまえの方が安全なんだけどな」

「そういうこと、言わないでください」

「冗談にならないか。噂をすれば、だ」

　母屋の玄関から岡村がやってくる。周平が追い出されると予想して、待っていたのだろう。

「おまえも飲みに行くか、シン」

「はい。お供します」

「じゃあ、タモッちゃんも呼び出します」

　三井が携帯電話を取り出す。

「泳がせておいてもいいぞ」

　周平が笑うと、岡村は眉をひそめた。

「姐さんのご様子は」

「怒り狂ってた」

「そうですか」

　と答える声に落ち着きがない。心ここにあらずだ。

「俺の甘言に騙されてた去年が懐かしいよ。タカシ。どうせタモッは屋敷にいる」

　奥から足音がして、携帯電話をいじりながら石垣が現れる。周平たちに気がつくと、苦笑いを浮かべた。

「お疲れ様です」

「佐和紀ならもう寝た。そっとしておけ」

周平が言うと、

「いえ、こんな時間には伺いませんから」

やけにはっきり答える。

「タモッちゃん。今から、みんなで飲みに行くって」

「じゃあ、車を出させましょう。そこに部屋住みがいたんで、声をかけてきます」

石垣がUターンで戻っていく。

「なぁ、タカシ。本気だと思うか」

見送りながら周平が聞く。

「言い方がイヤぁな感じっすけど、姐さん相手にはお行儀いいんで……」

「おまえらも油断ならないな」

「そこに俺を含めないでくださいよ」

三井は顔をしかめたが、岡村は何も言わなかった。

「まぁ、涙とか見せられると、さすがに怯みますけど」

何気ない三井の言葉に、岡村の頬が引きつる。周平は見ない振りで玄関から出た。タバコを取り出して口に挟む。

舎弟二人がなかなか出てこないのは、岡村が佐和紀の様子を問い詰めているからだろう。

周平はタバコをふかしながら、ぽろりとこぼれ落ちた佐和紀の涙を想う。胸がせつなく締めつけられ、去年のことを思い出した。

長屋に隠れていた佐和紀を迎えに行った夜のことだ。好きだという気持ちを持て余し、子供みたいに不安がっていた肩を抱き寄せ、周平は何度も謝ってあやした。

乾いた土に染み込む水のように、言葉は佐和紀の心を満たした。それは、佐和紀が周平を受け入れた証拠だった。

煙を吐き出し、顔をしかめる。

佐和紀はよく耐えた。いつから気がついていたのだろう。

自分の言葉が周平の胸へ染み込んでいかない事実を、ずっと見ない振りしていたのだ。壊れた心は何年経っても、簡単には治らない。周平の傷もまた、いまだふさがらずに破れたままだった。あの女への恨みつらみだけで生き長らえてこられたのは、手酷く裏切られたとはいえ、あの恋が偽物ではなかったからだ。

愛した女だから恨み、愛した女だから忘れられず、埋めることのできない孤独をセックスで覆い隠した。

佐和紀の涙は、それを知っている。あの女と比べるなと、その一言を口にすれば話は簡単だ。でも、言葉にすれば、もう取り返しはつかない。

一度でも認めれば、この恋は、あの女の記憶に汚される。

「大人だな、佐和紀」

つぶやいて、タバコの灰を落とす。

それとも、男気があると言うべきかもしれない。

周平の胸の奥にある傷をえぐらないように、佐和紀は細心の注意を払い、なんとかして傷を癒そうとしているのだ。破れた心を繕い、愛の言葉が満ちることを願っている。

「アニキ、車が来ますよ」

三井の声がして、周平はタバコを捨てた。

胸の奥が疼き、息が苦しくなる。

もう、あんな恋は二度としないと思っていた。

恋に溺れ、相手の心も自分の心も見失うような恋は、もう二度と自分の身には訪れないと信じていたのに。

頬に触れる冷たい風が胸にも吹き込んだ気がして、周平は肩をすぼめた。

佐和紀はもう耐えられないのかもしれない。そんな気がして、気鬱《きうつ》がゆっくりと心へ沈み込んでいった。

4

「組み手じゃなくて、実戦で」

借りたジャージに着替えて道場に出る。海沿いの街のはずれにあるビルの一階が、能見《のうみ》の経営する空手道場だ。実態は遠野《とおの》組の腕自慢たちをさらに鍛える団体だから、一般の受講生はいない。

『生徒』たちは礼儀正しい若者で、知り合いが『いじめられた』と聞きつけると『正義感に駆られて』出かけていく。

その結果、道場主の能見は佐和紀の返り討ちにあったのだが、それは例外中の例外というこになっている。

「ヘッドギア、つけてくれよ」

能見から言われた佐和紀は、指から抜いたエンゲージリングとマリッジリングを三井へ預けながら首を振った。

「いらないよ、めんどくさい」

「こっちが困るんだよ。寸止めとか、無理だから。そんなことしてたら不利すぎるだろう。

ただでさえ、おまえの方がいくらも上なのに」

「当てればいい」

「……バカだろ」

「姐さん、つけてくださいよ」

やりとりを見ていた三井が、苦笑いを浮かべる。

「えー……。じゃあ、五対一でやっていい？」

生徒の一人が持ってきたヘッドギアを受け取り、両手で弄びながら能見に視線を向けた。

「マジで？」

「えぇっと、今日のメンツだと。そことそこ、あとはやりたいヤツでいいや」

腕のいい二人を指名すると、能見の眉がきりきりと引き絞られる。

「おまえらも、つけとけ」

嬉々《きき》として近づいてくる二人に指示を飛ばし、あとの二人を募った。

「先生もつけんの？」

佐和紀がからかうと、ため息が返ってくる。

「つけさせろ。死にたくない」

「つけなくても死にはしないだろう。あ、オープンフィンガーのグローブ貸して」

生徒を呼び止めると、能見が目を見開いた。

「どれだけ本気なんだ。ちょっと、待て」

「五対一だろ。拳を痛めると面倒だし」

「違うだろ。本気で殴るつもりだろッ！」

「はっはー。笑わせる。プロばっか集まってるくせに」

「プロじゃねえよ。ケンカ屋のおまえと一緒にするな」

「一応、ルールに基づいたフリースタイルで」

眼鏡をはずしてヘッドギアをつけ、グローブをはめる。

「ルールなしって言ってんのと一緒じゃねぇか」

「眼鏡がないと表情まで見えないから、ダウンしたらさっさと退場させろよ。そばにいるヤツは『生きてる』って思うからな。……タカシ」

「はいはい。なんでしょーか」

すかさず三井から声が返る。

「たぶん、途中でキレるから、ダメだと思ったら止めてくれ」

「宣言するなよ……」

笑いながらも三井は承諾した。

五対一の実戦形式は、なんでもありの殴り合いだ。佐和紀にケガでもさせたら厄介だからとめったに乗ってこないが、経験の少ない『生徒』に場数を踏ませるには大いに役立つ。

時どき時間制限ありでやらせてもらっていたが、今日に限って時間の話は出なかった。

遠慮なくストレス発散をさせてもらうことにして、次々に入れ替わる生徒たちを相手に暴れ回る。三十分以上続けた頃には、戦闘不能にまで叩きのめされた生徒が壁沿いに座り込んだ。

笑いながら眺めていた三井は、止めるのを忘れているんじゃないかといぶかしんだ能見から懇願され、重い腰をやっと上げる。

見境がなくなっている佐和紀にストップをかけるには、実力行使なんて意味がない。返り討ちにされるのがオチだ。三井は離れたまま、大声を張りあげた。何度か呼びかけてから、

「そいつには五人も子供がいるんです！」

そう叫ぶと、佐和紀はようやく止まる。でも、ついでのように、周りにいた三人を殴り倒した。


「知ってたら、俺の前歯も自前だったのになぁ」

今日もまた三井は口にする。

「どうせヤニで汚れてるんだから、キレイになってよかっただろ」

シャワーで汗を流した佐和紀は、いつもの着物姿で缶ビールのプルトップを押し上げた。道場の前には駐車場代わりの空き地が広がり、片隅に三井がビールを買った自販機がある。駐車場の前は、交通量の少ない道路だ。

「差し歯入れるほど汚くなかったたっつーの。わりに、いい歯並びだったんだぞ」

「あぁ、悪かったな」

「全然、思ってねぇだろ……」

いつもと同じ会話だ。並んで立ち、冷えたビールを喉に流し込む。思いっきり暴れた身体は、殴られたり蹴られたりした場所がところどころ痛んだが、気持ちの面ではすっきりしていた。

「ちょっとは気晴らしになったのかよ」

ポケットを探った三井は取り出したタバコをくわえて、その場にしゃがみ込む。ビールを足元に置いて火を点ける。

「まぁ、ちょっとはな」

佐和紀も座りながら答え、三井が勧めてくるタバコを断った。帯に挟んだケースからショートピースを一本取り出す。

「あれで『ちょっと』って、感覚が狂ってんじゃねぇの。ったく、どういうセックスしてたんだかな。……また、そんなの、吸ってんのかよ」

ライターの火を向けてきた三井が、タバコの端を指先でつぶす仕草に眉をひそめた。

「んー？」

火をもらいながら木綿の袖を肩までまくり上げ、佐和紀はタバコをくちびるから離す。

あきれたような顔をしている三井の顔に向かって、わざと煙を吹きつけた。

「てめっ……！」

煙たさに三井が咳《せ》き込む。

「やめっ、ろよ……」

「だぁれのセックスの話してんだよ、え？」

「……平和《ピース》って顔かよ。バイオレンスしかねぇだろ」

ぼやいた三井の背後に人の気配がして、

「おまえら、人の道場の前で酒盛りしないでもらえるかなぁ。どこのチンピラだよ」

能見があきれ声で二人の間に割って入ってきた。三井が横にずれる。

「入ってくるなよ。かさばるんだから……」

佐和紀が不満を口にすると、薄手のセーターを着ている能見は笑いジワを浮かべた。筋肉質な長身で肩幅が広く、全体的なバランスは悪くない。

「タダで生徒をサンドバッグ代わりにしてるヤツが、デカい口を叩くな」

「あいっかわらず、弱いけどな」

「おまえが規格外すぎるんだよ。タバコくれよ、奥さん」

人差し指と中指を揃えた能見は、佐和紀を『奥さん』と呼ぶ。『佐和紀さん』という呼び方を、世話係の三人が無言の圧力でやめさせた結果だ。

「それ、何?」

いぶかしげに問われて、タバコをくわえた佐和紀は片手でピースサインを作った。代わりに答えたのは三井だ。

「ショートピースですよ。俺のをどうですか」

「え。そんなの吸ってるヤツ、まだいるのか……あ、すみません」

三十代の能見の方が年齢は上だが、佐和紀に負けた時から上下関係は決まっている。

「本当に、昭和ッスね」

舎弟めいた口調でおどけた能見は、三井のタバコをもらって火を借りる。

「貧乏したことないヤツにはわかんねーよ。高級タバコが吸えるまでになった、俺の幸せは……。あー、結婚してよかった」

「そこかよ」

三井が笑い、一緒になって肩を揺すった能見が振り向く。

「そのタバコ、俺のジイさんが吸ってたタバコだ」

「どうせジジイ趣味だよ。うっせぇ」

「戦争行ったこと、あるんじゃないの。特攻隊崩れ、みたいな。闇市仕切ってました、みたいな」

「特攻隊崩れは、そこの長髪」

佐和紀が言うと、

「俺は単なる暴走族だし」

髪を肩まで伸ばした三井が応える。

へぇ、と声を漏らした能見は、ふいに佐和紀の煙を目で追った。

「なんか、いい匂いてるな」

「だろ？　やってみる？」

くちびるから離したタバコを差し出すと、能見が眉をひそめた。

「フィルターは？」

「ねぇよ、そんなの」

知らないのかと笑う佐和紀を、能見の向こうから手を伸ばした三井が押しのける。

「回し吸いはやめろ」

「奥さんところの舎弟はお堅いねぇ。別に吸い口を舐め回したりしないって」

「それでも！　ダメだから！」

「だってさ」

佐和紀は肩をすくめて能見へおどけた。タバコの端を軽くくちびるに挟む。

「ほんっと、見てて飽きない男だよな。三井くん、いい仕事に就いてるなぁって思うし……」

「冗談でしょう。よく言いますよ」

「いやいや、本当に。俺も、奥さんを眺めて暮らしたいなー」

「バカだろ、おまえ」

佐和紀は鼻で笑って受け流す。どうでもいい話だ。

「どうせ憂さ晴らししたいなら、拳じゃなくてアッチも付き合うよ？」

「能見さんッ！」

三井が鋭い声をあげたが、あっさり無視した能見は、佐和紀を覗き込んでにやにや笑う。

「体力はあるから、疲れさせてやれるけど？」

振り向いた佐和紀は、能見の太い首をまじまじと見つめた。その向こうにいる三井が、鬼のような形相なのが笑える光景だ。

「ハハハー。得するのはおまえだけだろ」

わざとらしく笑って能見を睨みつける。

「そんなことは試してみないとわからない。結構、いい仕事するよ」

「じゃあ、とりあえず、ここで『秘宝館』やってもらおうか。俺の旦那はかなりだよ？」

「あ、姐さん……」

三井がたじろいだ。秘宝館といえば、場末の温泉場にあるようなストリップ劇場のことだ。

「ケンカ、してるんだよな？」

声をひそめた能見が振り返り、三井はしかめっ面でうなずいた。

「確実に。まぁ、三日ですけど……」

「俺が一方的に怒ってるだけだ」

佐和紀は空に向かって煙を細く吐き出す。

「三日も経ってから来るってことは、怒り心頭ってやつじゃないよな。やっぱり、欲求不満になったってトコ？」

「……なるか、そんなもの」

「いや、なってると思うんスけどね」

三井が横から口を挟んだ。

「舎弟はこう言ってるよ、奥さん」

「じゃあ、そういうことでいい」

「適当だなぁ。旦那の方がさびしがってんじゃないの？」

軽い口調でからかってくる能見へ、佐和紀はちらりと視線を送る。

「そういう顔を、するか……」

能見がしゃがんだまま後ずさった。

「どーいう顔ですかぁ？」

力の抜けた言い方で煙を吹きつけると、咳き込んだ能見は、両膝に腕を投げ伸ばしてがっくりとうなだれた。

「俺なんて相手にしたら、人生狂うからやめとけよ」

肩を叩くと、能見がさらに深い息を吐き出す。

「色事師に仕込まれてんだから、並の男で満足できるわけないだろう」

「だから、姐さん……」

苦笑した三井は、佐和紀が投げた吸殻を拾い、携帯灰皿に片付ける。

「そういうことがよく言えるよなぁ」

能見の指に挟まったタバコは吸われることもなく、どんどん短くなっていた。

「さっさと仲直りしろよ、奥さん」

「余計なお世話」

「……アニキは毎日、花を贈ってますけどね」

「なに、それ」

能見が顔を上げてタバコを揉み消す。

「それぐらいして当然だろ。三日しか経ってないんだし」

「いや、普通はしないだろ……。毎日って、すげぇな。贈る方もすごいけど、贈らせてるあんたもすごいよ。いやぁ、本当に、何が原因でケンカしてんの？」

「……性の不一致」

「全然、冗談に聞こえないから……。まぁ、いいや。そのあたりはメシでも食いながら聞かせろよ。『いそしぎ』のビーチサイドのテーブル取れたから。行くだろ」

ビーチ沿いにある無国籍料理の店は佐和紀のお気に入りだ。

「聞かせるような話はないけど、行く」

「じゃあ、車回してくるから。三井くん、飲んじゃってんだろ？」

「別に運転手いるから」

「じゃあ、現地集合な」

能見が道場の中へ戻っていくと、佐和紀もビールの缶を片手に立ち上がった。

「姐さん、マジでまだ怒ってんの？」

「はぁ？」

車へ向かいながら振り返ると、不機嫌さに怯えた三井が距離を取る。

「別に素直になれなくて困ってるわけじゃない。素直じゃないのは、俺じゃなくてあっちだ」

「アニキ相手に、そんなこと言うのはおまえぐらいだ」

「あいつも、ろくな恋愛してないってことだな。……なんだよ、タカシ」

驚いたように目を見開いた三井が立ち止まっている。睨みつけると、慌てて歩き出した。

「いや、一年前の姐さんってどんなだったかと思ってさ。あんまりはっきり覚えてねぇな。でも、変わったよな」

「変わってねぇよ。俺は純情で真面目で気が短い。それだけだ」

「……変わったよ」

三井が早足で隣に並んでくる。

「けどまぁ、アニキも変わった。それも事実だよなぁ」

軽やかな口調で言った三井は、手にした缶ビールの残りをあおった。


夜に染まった海を後にして、佐和紀を乗せた車は街へ戻る。

「タカシ、もう一軒……行くか」

信号待ちで思わず言葉が出た。能見と食事へ行き、くだらない話をしたせいか、このまま一人きりの離れへ帰る気にはなれない。

「いいよー。タモッちゃんたちも呼ぶか。……この先、右で」

運転手役の構成員に声をかけ、三井が携帯電話を取り出す。

右へ曲がった車は繁華街を抜け、裏路地で止まった。

入った店は、若者好みのカフェバーだったが、バーテンダーと三井が知り合いで、すでに用意されていた半個室のソファー席につく。

石垣はすぐに合流できたが、岡村は四十分遅れて来た。いつものことだ。

「すみません。仕事の段取りがつかなくて」

周平と一緒にいたのだろう。量産品のスーツを着て、地味なネクタイをきっちりと締めている。

「タカシの呼び出しが急すぎるから。シンさん、ビールでいい？」

派手なシャツを着た石垣が店員を呼ぶ。

「ネクタイ、ゆるめていいぞ」

ソファーにあぐらをかいた佐和紀が言っても、

「いえ、このままで」

岡村はジャケットのボタンをはずすだけだ。

「周平はどうしてる」

「二人から聞いていたんじゃないんですか」

「おまえが一番、よくわかってるだろ」

「俺、トイレ」

三井がガバッと立ち上がる。

「俺はビールもらってきます」

石垣が後に続いた。

「なんですか、あれ」

目で追った岡村が苦笑する。

「周平のことはお前に聞けって、さ」

『逃げ』ですね」

「変わらないか、あいつは」

「そんなことないですよ。でも、浮気もしてません」

「心配してねぇよ」

「本当ですか？」

顔を覗き込んでくる岡村を睨み返し、焼酎《しょうちゅう》の水割りを口に運ぶ。

「おまえはどっちの心配してんの？　俺と周平と」

「……アニキです」

「ふぅん……。どうせ、そうだろうなぁ。おまえらは周平の舎弟だし」

「佐和紀さん」

「何？」

視線を向けると、膝で手を組み合わせた岡村はうつむいた。

「何が原因かはわかりませんが、あまり長引かせないでください。二人が不仲だとわかれば、喜ぶ人間がたくさんいます。補佐が結婚に失敗したなんて噂されたくありません」

「……離婚するやつだって、世の中にはいるだろ」

「するつもりなんですか」

「そんなわけないだろ」

グラスの焼酎に視線を落として、佐和紀はため息をつく。

「迷惑かけて悪いな。……あいつらがおまえに言わせたかったのは、それか」

「あんまりにも静かにケンカしてるからですよ」

「俺は荒れてるよ。今日も能見のとこへ行ってたし。周平がわかってくれなきゃ、こんなこと、なんの意味もない。けど、売らなきゃいけないケンカもあるだろ」

「俺にできることがあれば」

「周平を見ててやってよ。タカシが俺のそばにいるだろ？　そうなると、あいつの当たる先がなさそうだし。タモツとはそういう仲でもないだろ」

「俺が嫌味を言われておきます」

「損な役回りで悪いな。俺でよければ褒めてやるけど……」

そう言うと、意外なほど岡村の目が泳ぎ出す。

「からかうのはやめてください」

ネクタイをゆるめ、シャツのボタンをはずす。

「すみません。急に暑くなって」

そう言いながら額を拭う姿が慌てふためいていて、佐和紀は肩を揺すった。笑いが込み上げてくる。

「佐和紀さんのことだって心配してるんです。してないわけがないでしょう。あのマンションでどう過ごしていたか、俺は知ってます。その反動が来たなら……」

「シンさん、ビールお待たせ！」

ジョッキを片手に、石垣が飛び込んでくる。その背後から三井が顔を出した。

「タモッちゃん。邪魔すんなって」

「はぁ？　シンさんは散々、一人で付き添ってきただろ。最近、全然接点ないの、俺だけなんだから」

「さびしいのか、タモツ」

佐和紀が顔を向けると、わざとらしく、くちびるをとがらせる。別にと言いたげな男を手招いた。

「隣に座らせてやろうか。足のひとつでも揉んで、俺の舎弟になったら？」

「なんだよ、それ」

ゲラゲラ笑った三井は新しいグラスを手に、岡村の隣に座った。

「俺だってさ、ちゃんとアニキに殴られてやってるよ。会うたびにボカスカやられてるから、ちょっとは褒めてくれてもいいんじゃね？」

「聞いてたな」

岡村が横目で睨む。

「ケンカの本当の理由、やっぱり教えてもらえませんか」

佐和紀の隣に座った石垣が真剣な目を向けてくる。佐和紀はタバコをくわえ、自分で火を点けた。

「オヤジのことが原因でも、岡崎が原因でもないよ。おまえらが考えてるようなことじゃない。ただ、近くに居すぎただけだ。息が詰まってんだよ。お互いに」

好きすぎて、求め合いすぎて、関係に空気穴を開け忘れたのだ。

「まぁ、あいつが岡崎に張り合ってるのは嘘じゃないけど、さ」

「それをアニキに言えるのは、あんたぐらいだよ」

三井がにやにや笑う。

「おまえらだって、思ってんだろ」

「思ってたって言いません」

岡村が苦笑いを浮かべて答えた。

「でも、見てればわかるだろ。あいつ、本当にしつこいんだ。俺が誰を大事にしてるかなんて、さぁ……。ド近眼もいいとこだろ」

「惚れるってそういうことじゃん」

三井が軽い口調で言った。

「姐さんはちょっと冷静すぎるんじゃねぇの。愛情薄いって思われたら、アニキが引くとか思わねぇの？」

「おまっ……」

腰を浮かせた石垣が殴ろうと手を伸ばしたが、テーブルに阻まれて届かない。

「どーなの、姐さん」

石垣から投げつけられたお手拭きをキャッチして、三井が首を傾げる。

佐和紀は煙をふかした。白い煙は、天井へと上がっていく。

「どーもこーもない。あいつに俺以上のヤツがいるなら、そっち行けばいいだろ。いるなら」

「余裕すぎぎんじゃねぇの」

顔をしかめる三井を笑って見つめ返した。

「勝てるケンカしか、しねぇもん」

「もん、って……」

石垣が振り向く。佐和紀はちらっとだけ視線を返した。

「悪いのは周平なんだよ。それはあいつだってわかってんだよ」

「じゃあ、どうしたら許すんですか」

石垣の質問には顔を背ける。

「そんなこと、おまえに言うわけないだろ。おまえらの大好きなアニキが、それなりに考えるんじゃねぇの？」

「落としどころは用意してあるってことですか」

身を乗り出したのは岡村だ。

「だーかーら……、吊るし上げ食らわすつもりなら、もう帰るぞ」

「いえ、そういうつもりでは」

「言っとくけど、怒られてるあいつより、怒ってる俺の方が傷ついてんだよ。おまえらもちょっとは優しくしろ」

片膝を抱き寄せ、佐和紀はそこへあごを乗せた。

周平の舎弟たち三人は、それぞれに目配せを交わし合い、誰ともなく静かに息を吐き出す。

しばらくして、三井がおずおずと口を開いた。

「あんたに優しくするって、それ、具体的には何をやればいいわけ？」

三方向から集まる視線に、佐和紀は目を伏せた。指に挟んだタバコがちりちりと燃えていた。

＊＊＊

離れの居間のテーブルには、フラワーアレンジメントが並んでいる。ひとつひとつ趣きが違っていて、並べて置くと色とりどりで美しい。

周平が自分で選んでいるのか、買いに行かせているのかは不明だ。届けるのはいつも構成員の誰かで、言付けも手紙もない。受け取る佐和紀も、配達のねぎらいを返すだけだ。

花の甘い香りが部屋の中を満たすと、周平の女あしらいを垣間見《かいまみ》る気がして腹が立つ。顔を見せるなと言ったことを忘れ、自分で持ってきたらいいのにと、身勝手なことを考えてしまう。

会いたい気持ちと会いたくない気持ちの狭間《はざま》で揺れ、佐和紀はわずかな後悔とささやかな心配を交互に味わった。

広い和室にぽつんと敷かれた一組だけの布団を見てさびしいと感じる以上に、周平はどんな気持ちでいるのかと気にかかる。

結婚して初めて会話した時、傲慢そのものに思えた周平はしたたかに酔っていた。それでも、周平は周平だった。

待ちくたびれて眠ってしまった佐和紀の肩にかけられていたのは周平の上着だったし、羽二重を脱がそうとしながらも、寒いのかと尋ねてきた。

冷徹なまなざしで品定めしたくせに、一度目のキスは優しくて。

思い出した佐和紀は、離れから母屋へ渡ろうとしていた足を止める。

そっと自分のくちびるに触れて、ため息をこぼした。

たぶん、だから、好きになった。

あのキスをしなければ、キスから始まらなければ、この恋に落ちることなんてなかった。

母屋の廊下の先から話し声が聞こえ、視線を前へ向ける。

構成員に指示を出していた周平は、佐和紀に気づくと硬い表情をふいに和らげ、相手を下がらせた。

「組長のところか」

何事もないように話しかけられて、

「……将棋の本を借りようと思って」

何事もないように答えた。感情的になるには、あの日から時間が経ちすぎている。

声に気づいても逃げなかったのは、強がりじゃない。偶然を装ってでも顔が見られるなら、それに越したことはないと素直に思ったからだ。

四日ぶりに会う周平は、相変わらず眼鏡がよく似合っている。チャコールグレイの三つ揃いスーツは軽やかな薄手のオルタネートストライプ。すみれ色のニットタイと、胸には同色のチーフが差してある。

「俺、まだ怒ってるから」

眼鏡のブリッジを指先で押し上げ、冷たい目で宣言すると、周平は苦笑を浮かべてうなずいた。

いつか佐和紀の好みが定まったら、オーダーメイドでスーツを誂《あつら》えたいと言った周平を思い出す。こんな時でも、佐和紀の頭の中はのんきだ。

周りから見ても取るに足りない意地の張り合いは、所詮《しょせん》、犬も食わない夫婦ゲンカだ。だから、もういいじゃないかと岡崎にも言われたが、だからこそ、これは大事なことだと佐和紀は言い返した。

他人が二人、顔を突き合わせて家族ごっこをするのだ。本物になるためには、避けて通れない。その経過について、家族じゃない人間からとやかく言われたくはなかった。

「わかってるよ」

ごく当然のように答える周平を、佐和紀は睨みつける。

「本当にわかってんのかよ」

「わかってる」

「わかってないだろ」

大股で一歩近づいてきた周平の手が伸びてきて、指先で佐和紀の前髪を揺らした。

キスされると直感して、後ろへ飛びすさった。

「怒ってるって言ってんのに！」

残念そうな優しい目を向けられて、さらに腹が立つ。

「怒ってる時のおまえには、何を言っても無駄だろう。一生懸命、口説いても、それをぜんぶ嘘だと言われたらたまらないからな」

「嘘でできてる男がよく言うよ」

「……正直だよ、俺は」

「あー、下半身はそうかもね」

着物の袖に手を入れて腕を組む。せせら笑うと、周平はなぜかますます穏やかな顔になる。

「だから、怒ってんだって！　何をニヤニヤして……」

「久しぶりに顔が見れて、嬉しいと思ったら悪いか。俺が平気で過ごしてると思うなよ？」

「そう言うくせに、花を贈ってれば機嫌がよくなると思ってんだろ」

「どうでもよくならないようにだよ。怒るのに疲れて、俺のことを忘れないようにしてるだけだ。佐和紀」

周平がまた近づいてきて、廊下の壁に追いつめられる。腕組みをほどかなかったのは、たじろいでいることを悟られたくなかったからだ。

顔を至近距離から見上げただけで、くちびるが重なるのを期待しそうになる。

「離れてみるのも悪くはないな」

周平が両手を壁についた。腕で作った柵《さく》に閉じ込められる。

スパイシーウッドの香りに鼻先をくすぐられ、佐和紀は条件反射で疼く腰を恨めしく思った。

離れてみたっていいことは何もない。夜が来ても待つ相手はいないし、朝が来ても送り出す相手がいないなんてさびしいだけだ。

「俺の嫁が美人だって現実を、つくづく思い知らされる」

顔を覗き込まれ、あごをそらした。

「そのきつい目も、鼻筋も、引き結んでるくちびるも綺麗だ。……でも、笑ってる時が一番いい」

「笑うか、バカ」

悪態をついて、わざと鼻の頭にしわを寄せる。

周平は嬉しそうに笑って、まじまじと顔を観察してきた。わざとらしく、仲直りのチャンスを狙っているのだ。

佐和紀は、男の腕の囲いから逃げ出した。

「その手には乗らない」

「……こんなこと、いつまで続けているつもりだ」

「そんなの、周平次第だ。俺は引く気ない」

「どうして欲しい。弘一さんに懐くおまえに腹が立ってたと、告白して許しを請えば満足か」

「そう思うなら、そうしろよ。間違ってたら、その時に教えてやるから」

「おまえは……。バカでいた方が、かわいげがあったな」

「バカのままだよ」

そっぽを向いた佐和紀は、ぶっきらぼうに言った。そうでなければ、もっと上手くケンカをしただろう。

「……佐和紀。怒ったままでいいから、キスさせろよ」

伸びてくる手を払い落として、肩を突き飛ばす。

「意味わかんねぇ！　バッカじゃねぇの。させるかよ！」

「じゃあ、しかたない。仕事に出かけてくるか」

「そうしろ。そうしろ」

手のひらを振って、仕草で追い払う。

「あれだけ毎日してたのに、俺が欲しくならないのか」

「うぬぼれすぎなんだよ。旦那さん」

「俺はそろそろ夢に見そうだ。……おまえの柔らかいところに入って、泣くほどかき混ぜたい」

「想像するのはタダだから勝手にしてろ。マスかきを人に手伝わせたら、その時は覚えてろよ」

「浮気してこいって言わなかったか？」

「真に受けるバカがどこにいるよ。……おまえがしたら、俺も浮気するからな。覚えとけ」

「まだ浮気してなくて本当によかったよ。危ないところだ。じゃあ、そろそろ行くから、キス……」

「人の話を聞け！」

怒鳴りつけると、周平は肩を揺すって笑った。

「旦那に優しくしろよ」

ぼやきを残して、佐和紀から離れた。ケンカしているのに優しくしてどうするんだと思いながら、佐和紀は歩き出した背中を呼び止める。

「京子姉さんと芝居に行くから、金くれ」

　手を差し出すと、

「……おまえは」

　戻ってきた周平は胸ポケットからマネークリップで止めた二つ折りの一万円札を出し、クリップだけを取って佐和紀の手に置いた。二十枚は軽くある。

「綺麗な嫁をもらうと金がかかってしかたがないな」

　笑う顔はやっぱり嬉しそうで、すかさず頬にキスしようとする動きから、あやうく逃げ遅れそうになった。

「いってらっしゃい。たくさん稼いできてね」

　佐和紀は、わざと棒読みで言ってひらひらと手を振った。今度は自分から背中を向けてその場を離れる。

　しばらく行って振り返ると、あっさりと歩き出していた周平の背中に、名残惜しく声をかけた。

「ごはん、ちゃんと食べろよ。ワインとチーズでは生き残れないからな」

「そんなに心配なら、おまえが面倒見てくれ」

　周平は歩きながら振り向いて、軽く手をあげた。その仕草さえ、やっぱり見惚《みと》れるぐらいに伊達男だ。

惚れた欲目だと自分を笑いながら、手にした金に目を向ける。

別に芝居に行く予定はなかったし、それは周平もわかっていたはずだ。

「誘うか」

いろいろと心配をかけたし、それも悪くはない。金を懐に押し込んで佐和紀は若頭の離れに向かって歩き出した。


静かな夜の夢を見ていた。

モノクロとセピアが交互に入り交じる。とりとめのない虚構の世界で、母の声に呼ばれて振り返る。それがいつのまにか京子になり、性別さえ違う松浦の姿になって、佐和紀は「わかっているから」と訴えた。

松浦が何かを口にする。その声が聞き取れず、表情も見えず、夢の中で佐和紀はリモコンを一生懸命押し続ける。音量は上がっているのに、松浦の声だけが小さく小さくなっていく。焦ってリモコンを投げ捨てた。

走り寄って、必死で話しかける。伸ばした手が、腕を摑む。

その手を、佐和紀は見つめた。暗闇の向こうには、和室の天井がある。

「え……」

誰かが手に触れた。びくっと震え、とっさに逃げようとした佐和紀の脚に体重がかかる。

「何、して、んだよ……」

真夜中の寝室にのこのことやってきた侵入者は、酔っぱらって爆睡していた佐和紀の上に何食わぬ顔でのしかかっていた。

起き抜けの闇の中で表情ははっきり見えなかったが、シルエットと間近に感じる匂いで影の正体はすぐにわかる。

「どけよ、変態」

睨みつけて身をよじると、いつのまにか脱がされていた下半身を握られ、息が止まった。

「い、たっ……。何するんだよ、バカか」

手首を掴んで引き離そうとしたが、容赦なく握り込まれて腰が引ける。

「あんまり眠りこけるな。鍵をかけてれば安全ってわけじゃない」

「おまえが言うな。この、痴漢ッ……」

相手は周平だ。闇の中で笑う気配がして、力をゆるめた手がうごめいた。急所を絶妙な力加減で弄ばれ、背をそらすようにして腰をよじる。

「やめっ……」

膝を掴んだ周平が沈み込む。ケンカをふっかけてから、自慰もろくにしていないのがアダになった。

「んっ」

何より、昼間に顔を見てしまったのがいけなかった。

京子をいきなり誘い、銀座《ぎんざ》で芝居を見た後、食事をして酒を飲んだ。頭にちらつく周平の姿を追い出したくて、帰ってきてから一人で飲み直し、泥酔して布団に転がったところまでは記憶にある。

「勃《た》たねぇよ……」

訴えながら、パジャマのズボンと下着を脱いだのは自分だったと思い出す。どれだけ触ってもまったく反応しないものを握っているうちに、自分の手のひらの温かさに眠気を誘われたのだ。

「酔ってんだよ。おまえみたいな、絶倫とは違う……」

周平を覆い隠している掛け布団の端を摑んで引き上げた。

股間に息がかかり、毛並みを乱される。くすぐったさに引いた腰を摑まれ、布団を摑んだ佐和紀の指が震えた。

くちびるを拳で押さえると、揉まれたモノが芯《しん》を持つ。少し眠ったせいか、佐和紀が思う以上に酔いは醒《さ》めていた。

たるんだ皮ごと上下にしごかれ、ビクビクと揺れながら、股間が質量を増す。

「ん、ん……っ」

鼻先をすりつけられ、熱い吐息に敏感な肌をなぶられた。

「……周平。こんなこと、許さないからな」

根元から舐め上げられ、舌の生温かい感触に腰をひねる。

こおろぎ組に入ってすぐの頃は、何度も夜這いを仕掛けられた。でも、すべては未遂だ。寝ぼけて暴れる佐和紀の恐ろしさに、下心のない人間までもが雑魚寝《ざこね》を避けるようになったのは笑い話だ。眠っていても常に動いていた危機管理センサーが懐かしい。

愛撫《あいぶ》に息が漏れ、佐和紀の腰は期待感を募らせる。

「あっ」

先端の段差を丁寧になぞられ、鈴口の内側をとがった舌先がチロチロと這い回る。見えていない分、その細やかな動きは卑猥さを増す。

人に奉仕することを想像させない周平がうずくまり、男の性器を愛撫していると思うだけでも、後ろめたさに目眩がした。

弾む腰をこらえようとするたび、佐和紀の足先がシーツを蹴る。

「うっ……ん……ッ」

ふいに優しく、指先が内太ももの付け根をかすめた。ぞわぞわと肌が粟立《あわだ》ち、閉じた膝で周平を挟み込む。

どこもかしこも唾液で濡れ、乾いてきたと思うとまた舐めしゃぶられる。卑猥な水音がくぐもって聞こえ、佐和紀は布団の端を噛んだ。理性が溶ける。

「……あぁっ、んっ」

布団の中でしどけなく腰を揺すり、片膝を周平の肩に乗せた。踵《かかと》で背中をなぞる。どうしてくれとは訴えなかった。そんなことは言葉にしなくてもいいぐらい、身体の隅々まで貪り合ってきた仲だ。

唾液で濡れた性器に、周平の興奮した息づかいが触れ、佐和紀は湧き上がるせつなさに、ぎゅっと目を閉じた。この男のことが好きだと、心の底から感じる。

声もなく喘いだが、どんなに気持ちがよくても許すのは行為だけだ。自分が納得できるまで、元に戻るつもりはない。今はまだ、ない。

「……あっ、ぁ……ふ……」

屹立の下にある柔らかな袋のヒダを舐められ、玉を舌で転がされる。ひとつひとつの存在を確かめるように優しく吸い上げられて、佐和紀は急所を明け渡すことに怯えながら身体の力を抜いた。

「は、ぁ……ぁ、はっ……ぁ」

周平の指が、その弛緩を待っていたように後ろに忍び入った。

「んんっ」

「こっちは、自分では触ってないのか」

問われながら、佐和紀はビクビクと震えた。唾液で濡れた太い指を締めつける。

「俺のも、舐めるか。佐和紀」

「嫌だ！　バッカじゃないか！」

悪態をついて布団を掻き抱く。顔を隠すと足元の方に布地が足りなくなり、抜け出した周平が布団の裾を押し上げる。

さっきまでとは逆に、佐和紀の上半身が隠れて、周平が闇の中に出た格好だ。火照った佐和紀の下半身は寒さを感じなかった。

「『夜這い』って感じがするな……」

状況を愉しんでいる周平の声に興奮が滲み、ただでさえ卑猥なのが、さらにいやらしく聞こえる。それが佐和紀の欲情も煽った。

「ん、あぁ……」

挿入の期待感が高まるにつれ、ここまでで終わるかもしれない不安感も増す。だから、中を慣らす指が抜けた瞬間、佐和紀は腰を浮かした。

「怒ってるんだろう？」

周平の指先が、敏感になっている太ももを撫でる。そのまま尻の肉を掴まれた。

ゆっくりと、これ見よがしに揉みしだく周平が、反り返るほど興奮している性器と、あけすけに膝を開いて待つ姿を見ていると思うだけで、佐和紀の背中に痺れが走った。

「……強がっても、俺が欲しいんだろう。隠している上半身とこっちは別物か？」

「俺は怒ってる、怒ってるんだよ！」

「知ってるし、わかってる」

「四日も放っといたくせに！」

「避けたのは、おまえだろう」

揉まれていた尻の肉が左右に広げられる。

「はっ……。くっ……」

侵入した親指がぐりぐりと動き、入口の湿り具合を確かめた後で、硬く張りつめた先端に突かれた。嫌がる素振りで腰を振っても、結局は媚態《びたい》にしかならない。気づいてもいまさら止められなかった。

「怒ってるのは頭で、欲しがってるのはこっちだろ？　それでいいから、力を抜いてろよ。久しぶりだから、ゆっくり入れる……」

唾液で濡らしながら、周平が腰をねじ込んでくる。押し込んでは引き抜き、入り口と先端を濡らしてまた差し込まれた。

「こんなに狭く戻って、吸いつくみたいだ。奥までは無理か？」

「んっ、はぁっ……。ん……」

布団を顔に押しつけながら、佐和紀は強く目を閉じた。息を吸い込み、吐き出す。深い呼吸を繰り返していると、ふいに、昔を思い出した。

性的なことじゃない。そうではなく。

ただひたすら呼吸を繰り返していた記憶だ。あれは、痛みを受け流す呼吸法だった。殴られても蹴られても、呼吸をしていれば痛みは感じないと教えられた。

佐和紀には、それができる。

「あっ……ぁ！」

何かを思い出しかけた瞬間、周平にズクリと貫かれてのけぞった。

同じことをすれば、この快感を遮断することもできるだろうか。それでも、自分はしないし、きっと無駄なことだ。

全身で周平を欲しがる時の佐和紀は、何もかもから解放されている。理性もなく本能にだけ生きていて、周平に何もかもをさらけ出している。

安心して恥ずかしがるということの快感は、圧倒的な信頼の上にしか成り立たない。

「あっ、あっ……」

「……佐和紀」

腰を掴む周平の息が一瞬だけ詰まり、激しい息づかいに変わる。

「……っん、四日は、長いな……」

息を吐いて、周平が腰を引く。佐和紀は待ちきれずに、足を腰に絡めた。

「佐和紀っ……。待てよ。待てっ」

周平が珍しく焦った声を出す。

「んんっ、ん……っ、はぁ……ん、ぁ……」

小刻みに腰を揺らすと、昂ぶりと柔らかな肉とがこすれ合った。佐和紀の膝の裏を掴んだ周平の手で足を大きく開かされ、さらに奥へとねじ込まれた。

「あぁっ！　あっ！」

「食いに来て、食われたんじゃ意味がないな……っ」

大きく打ちつけるように動かれて息が詰まる。逞しさに内壁をこすられて腰が震え、身体が何度も大きくわななないた。

「あっ、あっ。あっ、ん！」

「初めての時みたいに狭いくせに……、いやらしい動きして」

ははっ、と卑猥に笑った周平は満足げだ。

さらに激しく動かれ、息が喉に詰まる。いつも以上に太く感じられる周平のものが動くと、喉から悲鳴のような声が漏れた。

「もっとゆっくり味わうつもりだったのに、な」

深い呼吸を繰り返す周平が声をひそめた。

「すっかり、俺好みの中だ。自業自得なんだろうなぁ」

「あ、あぁ……、やっ」

ゴリゴリと硬くなった性器をさらに押し込まれ、周平の腰がぴったりと寄り添う。

胸がじんじんと疼き、パジャマの布地が乳首にこすれた佐和紀はもどかしく身悶えた。

「それ、……ダ、メっ……」

「奥が？　気持ちいいんだろ。おまえのスイッチだ」

奥をひたすらにこすられ、ラストスパートの激しさを想像していた佐和紀は声を引きつらせる。焦れったく責められた身体の奥に周平の熱が弾《はじ》けた。

射精を終えた周平の性器は、別の生き物のように脈を打ち、蕩けた内壁を刺激する。

身体をこわばらせた佐和紀は、布団を掻き抱く。何もされていないのに、快楽の波が押し寄せてきて、呼吸さえもままならずに身をよじった。

「あ、あ、……はぅ……っ」

昂ぶったまま放置された佐和紀の屹立が震え、ねだるように腰が揺れる。

もっとたくさん突き上げて欲しかったのに、いきなり射精された身体は貪欲《どんよく》に律動した。

周平を逃がすまいと絡みつく。

「夜這いが、種付け一回だなんて決まりはないから、心配するなよ」

出したばかりなのに、まだ硬い性器がずるりと動いた。佐和紀の身体はヒクヒクと小刻みに揺れる。顔を見られていないのが、せめてもの救いだ。

「も……、絶対ッ……んっ！」

性器の出し入れを繰り返され、流れ出てきた精液が周平の肉に絡む。淫らな水音が、静かな闇に響いた。

「……許さない、から……」

息も絶えだえに、佐和紀は布団を噛んだ。

怒っていることをなかったようにされて腹が立つのに、今すぐ抜いて出ていけとは言えないのが口惜しい。気持ちよくて、気持ちよくて、まだずっと中にいて欲しい。

負けたくないと思いながら目を閉じた。手を抜いた周平に勝ちを譲られているようでは意味がない。それじゃあ、何も伝わらない。

「なぁ、佐和紀。どんな顔で感じてるんだ。イキ顔、見せろよ」

「し、死ね……っ」

喘ぎながら、佐和紀はまつげを震わせる。

それでも今は、激しい動きに身を任せるしかない。好きだと思う感情の強さに翻弄《ほんろう》されながら、身体の奥で感じる渇きを、周平に満たして欲しかった。

5

タバコの煙が昭和の匂《にお》いのする店内に広がり、周平は組んだ足の先を揺らした。

スプリングの硬いソファー席は、とっくに買い替え時を過ぎている。

「なんだよ、これは」

狭い店内に客はおらず、出入り口のガラス戸の向こうには見知った構成員二人の背中がある。そして、隣に三井、テーブル越しには岡村と石垣が並んでいた。

構成員になりたての頃ならまだしも、若頭補佐になってまで同業のヤクザに詰め寄られるとは思いもしなかった。

「いい加減、仲直りしてください」

真剣な表情で口を開いたのは、石垣だ。

「謝っても許さないって言うんだから、しかたないだろ」

周平は壁にもたれ、怠惰にタバコをふかした。

「アニキは原因がわかってるんですよね？　あとどれぐらい、時間を置くつもりなんですか」

「知るかよ」

「アニキ！」

「うるさい。だいたい、なんの真似《まね》だ。おまえら、立場をわかってんのか」

「……姐《あね》さんの、世話係っスから」

隣で三井が唸《うな》るように言う。覚悟している顔を望み通り平手打ちにして、周平は三人を見回した。石垣がもう一度言った。

「正直に教えてください。何が原因ですか」

「はぁ？」

睨《にら》みつけても、石垣は動じない。

「女ですか。それとも」

「タモツ。おまえ、手ぇ出せよ」

「……はい」

素直に差し出そうとする手を、岡村が横から止めた。引き戻して、息をつく。

「八つ当たりは、タカシを殴るぐらいでお願いします」

石垣の手を灰皿代わりにするつもりだった周平は、そのままちゃんとした灰皿でタバコを揉《も》み消した。

「今までと同じだなんて、最低の扱いじゃないですか」

「それがどうした」

岡村の言葉を軽く聞き流す。

「俺は、お二人がケンカしていようが、別居していようがかまいません」

「シンさん！」

三井が小さく叫ぶ。岡村は周平を見たままだった。

「ただ」

「ただ？　なんだ」

周平は壁から離れて身を乗り出す。安物のスーツを着た舎弟が何を言い出すのか。心の底からおもしろがって眺める。

岡村の視線が揺れた。

「ただ、俺が心配しているのは、アニキのことです」

意外な発言だったのか、三井と石垣がぽかんと口を開く。

「時間を置けばほとぼりが冷めるわけじゃないでしょう。松浦組長との問題ならそれで済みます。でも、今回のことは、初めから佐和紀さんの勝ちです」

「おまえに何がわかる」

「お二人を見ていれば、わかります」

「佐和紀が何を怒ってるか、それもわかってると言いたいんだろ」

「いえ、それはわかりません。わかりたいとは思います。でも、口を滑らす人じゃない」

岡村の視線を真正面から受け止めて、周平は静かに息を吸い込んだ。

「そこまで言うなら、こういうことをするな。こいつらを黙らせておくのもお前の仕事だろ」

「それは違うんじゃないですか。佐和紀さんだけが大事でやってるわけじゃありません。……離れていることは、アニキの精神衛生上……よくないから」

「おまえは医者か」

組んだ足をほどき、片足で低いテーブルを蹴《け》る。

「俺が浮気をしたわけでも、隠し子が見つかったわけでもない。ついでに言えば、セックスが変態すぎて泣かせたわけでもねぇよ。佐和紀だってそう言っただろ、おまえらに。それとも、俺に説教しろってあいつが言ったか」

「言いませんよ」

しょげ返った石垣が口を開く。

「姐さんは、アニキのことを見てやってくれって、そう言うんです。だから余計に」

「変なフラグが立ってるんじゃないかって」

三井も落ち込んだ声で言う。

「なんのフラグだよ。離婚か？　親まで捨てさせといて、そんなことするわけないだろ。

おまえらは結局、何がしたいんだ」

周平は岡村を見た。睨んでくるでもなく、岡村は黙ってくちびるを引き結ぶ。

佐和紀よりも周平が大事だと言ったのは口先だけのことだ。岡村の本心は真逆だろう。見ていればわかるのも、佐和紀の気落ちの方に違いない。

好きだから、佐和紀の空元気を見抜いてしまうのだ。

「俺が時間を置いてるのは、あいつが怒り散らしてるからじゃない。ほとぼりを冷ましてるのとも違う。距離を置いて、あいつが自分の頭で考えるなら、俺はそれを待ってやるだけだ。……それをおまえらに説明するのは無理なんだよ。俺とあいつの問題だって言ってるだろ。それはな、二人にしか通じない言葉でやり合ってるからなんだよ」

「どういうことですか」

ずいっと近づいてくる三井のあごを押し返し、

「おまえみたいなバカに説明するのが一番難しい」

周平は笑って答えた。

「シン。佐和紀がわざわざ言葉にしないでいることを、俺に言わせるような真似をするな」

「はい」

岡村が素直にうなずく。周平は次に、石垣へ顔を向けた。

「タモツ。浮気する精力なんてな、俺にはもう残ってない。おまえらが佐和紀の味方をしてやるのはいいけどな、間違った認識でいると、叱《しか》られるのはおまえらだ。佐和紀の言葉に裏なんかない。少なくとも、おまえらに対してはな。口に出さないだけだ。信じてやれ」

「わかってます。でも」

まだ何か言いたげな舎弟を見据え、周平は静かにゆるゆると息を吐いた。何かをせずにはいられないのだろう。その気持ちだけは理解できる。

「あいつは、俺との仲に溝ができないように、先手を打っただけだ。パニック起こして家出するよりは、よっぽどいいだろ」

周平は眼鏡《めがね》をはずし、ポケットの中に入れてある布でレンズを拭《ふ》いた。

「タカシ」

最後に呼んで、視線を向ける。

「満足か？」

長い髪をひとつに束ねた三井が瞬《まばた》きを繰り返す。言葉を探している顔が、見る見る間に歪《ゆが》んでいく。

「全然、満足なんかしないッス。アニキは、あいつ……姐さんを、どうするつもりなんですか」

「それは佐和紀に聞くべき質問だろう。今となっては、あいつが俺をどうするか、だ。いい加減、足を引っ張るだけの男だと思われてるかも知れないけどな」

「いいんですか。それで！」

「いいだろ。捨てられなければな」

うそぶいて、周平はタバコを取り出した。三井がライターの火を点《つ》ける。

「だから、俺をせっついてる暇があれば、佐和紀の『動き』を持ってこい。あいつの世話係はおまえら三人だ。勝手に首をすげ替えられるなよ？」

三井と石垣は揃《そろ》って自分の首を撫《な》で、岡村だけが膝《ひざ》に手を置いたまま動かなかった。

岡村は理解したが、あとの二人は実感がないのだろう。

それを説明する気にはなれなかった。

距離を置いた佐和紀は自分の足で立とうとしている。それなら、遅かれ早かれ仲間を選ぶはずだ。

それが、周平の目の届かない相手では困る。

結婚したところで、佐和紀が『狂犬』であることには違いないからだ。色香に迷った相手に害をなされるようなことがあれば、周平は必要のない戦争だって引き起こしてしまう。

佐和紀を庇護《ひご》したいとは思わない。だけど、佐和紀が一人の男でいる時、隣に並び立つ人間は自分でありたい。

後ろに控える協力者にはなりたくなかった。

「そういうこと、なんですか」

首の後ろをさすりながら、ようやく思い至ったらしい石垣が目をしばたたかせた。

「そういうことだ」

「あぁ……はい」

目に鋭さが戻る。頭の回転がいいのは昔からだ。納得した顔になると、深くうなずき直した。

「タカシ」

最後の一人は、まだうすらぼんやりとしている。

周平の声に顔をあげ、

「あいつが、俺たち以上に信用する相手なんて、ないと思いますけど」

と言った。学がなくても、勘はいい。物事を咀嚼《そしゃく》しきれないうちから丸呑《まるの》みにしてしまうのだ。

三井を眺めて、周平は静かに笑った。

「今のままで、さびしくないんですか」

カウンターに向かってコーヒーを頼んだ岡村が、振り向きざまに聞いてくる。

「さびしくないわけがないだろ。佐和紀だって同じだよ」

夜這《よば》いに行ったことなど微塵《みじん》も感じさせず、周平はタバコをくゆらせた。悪態をつきながらも快感を得ていた佐和紀の、締めつける狭さを思い出して眉《まゆ》をひそめる。

言葉の真意を探ろうとする岡村の視線に気づき、笑いながら見つめ返した。

＊＊＊

車を降りて、目の前のビルを見上げた佐和紀は、着物の裾《すそ》を払い、帯を腰に据わらせて襟を正した。

「本当に行くの？」

ついてきた三井が隣に並ぶ。外に看板を出してはいないが、こおろぎ組の事務所が入っているビルだ。

「もうケンカはしない」

「ほんっとうだろうなー。俺は止めらんねぇよ。怖ぇから」

チンピラ口調で言った三井に袖を引かれ、佐和紀は振り向いた。路上駐車している車の後ろにセダンが停まる。車から降りてきた男がドアを開けた。待遇からして幹部だ。

「よぉ、佐和紀。どうした」

降りてきた男が手を挙げる。佐和紀は会釈を返した。

こおろぎ組若頭の本郷《ほんごう》だ。岡崎と一緒に組を出て大滝組に身を寄せていたが、佐和紀の結婚とともに古巣に戻った。

岡崎と周平にとっては油断のならない相手だが、佐和紀にとっては古い馴染《なじ》みの兄貴分だ。

「オヤジなら今日はいないぞ。おまえが寄りつかなくなってからは、ひたすらリハビリに行ってるよ」

「じゃあ、病院の方へ」

「やめとけ、やめとけ。それより、ちょうどよかった。少し話がある」

そう言った本郷に腕を引かれる。ついてこようとした三井を目配せでとどまらせ、佐和紀はビルの脇《わき》に入った。

「オヤジになんの話だ」

「なんの話って、謝りたいだけだよ」

「謝ってどうするんだ。岩下と別れて戻ってくるのか。そうじゃないならやめておけ」

「どうして」

手を振り払うと、今度は肩を掴《つか》まれる。物陰へと押し込まれた。

「こんな馬鹿げた身売りをいつまで続けるんだ。岡崎は、おまえだけじゃない、オヤジまで騙《だま》したんだぞ」

「それがどうしたんだよ」

あごを摑んでくる手を引き剝《は》がし、本郷のえびす顔を睨みつけた。

「あいつがついた嘘《うそ》を許せるのか。おまえが岩下に惚《ほ》れて、自分から嫁に行きたがってるなんて……、おまえの覚悟を踏みにじってると思わないのか」

佐和紀は驚かなかった。もうすでに、聞かされた話だ。

「そうでもしなきゃ、オヤジは許さなかっただろう。俺が誰《だれ》かに抱かれなきゃ、もっと悲惨だった。それは、あんただって知ってるだろう」

身体《からだ》を押しのけようとする佐和紀の手を摑み、本郷が一歩を踏み出してくる。その目に燃える感情は、どす黒い嫉《しっ》妬《と》と渇望だ。

見つめているのも禍々《まがまが》しい剝《む》き出しの感情に、佐和紀は目をそらした。

「これ以上、オヤジに心労をかけるな。今度倒れるようなことがあれば、命の保証はないぞ」

「脅しかよ」

「真実だ。俺は嘘をつかない」

宣言する本郷を、佐和紀は素早く振り向いた。

そうだ。嘘をつかず、言わなくていいことまで松浦に吹き込んだ。その結果、佐和紀は決断を迫られ、松浦の信頼を失うことになったのだ。

「本気で組には戻らないつもりか。そんなに、岩下とのセックスは悦《い》いのか」

ぐいぐいと追い込まれ、佐和紀の背中がビルの外壁に当たる。

「離せっ。バカか」

「佐和紀。岩下なんてのは薄汚い色事師のなれの果てだ。おまえに何を囁《ささや》こうが、本当の言葉なんてひとつもない。俺と何が違う。えぇ？　俺だっておまえを気持ちよくしてやれるだろう」

「やめろ、何を」

「声をあげるか？　それとも、俺を殴るか。どっちでもいいぞ。俺が持ってる映像を、岩下に送りつけてやろうか。おまえがどんな顔で感じてたか、あの男は冷静な目で見るだろうな」

耐えられずに、佐和紀は目の前の頬《ほお》を打った。

「あんたを相手に感じたことなんか、一度もない。晒《さら》したいなら好きなようにしろよ」

「オヤジに見せてもいいんだな」

「なっ……」

言葉が継げなかった。本郷の顔が近づいてくる。

「さすがに嫌か？　オヤジは怒り狂うだろうな。岩下のドスケベに抱かれて色気づいたおまえを必死に取り戻そうとするぐらいだ。案外、久しぶりに興奮して」

ガツッと鈍い音がした。両頬を摑まれていた佐和紀は、渾身《こんしん》の力を込めて頭突きをかます。

呻《うめ》いた本郷は、自分の額を押さえて悶絶《もんぜつ》した。

「姐さん、そろそろ……行きましょう、か……」

心配して様子を見に来たらしい三井が、ひょっこりと覗《のぞ》かせた顔を歪める。想像した通りだと言いたげな表情を睨みつけ、佐和紀は本郷の脇をすり抜けた。

「ほっとけ。忙しすぎて、頭がおかしくなってんだろ」

「……あんたなぁ」

三井が肩を落とした。

「なぁ、オヤジは本当にいないの？」

本郷は答えない。額をさすりながら、佐和紀を見るばかりだ。

「出直すよ」

くるりと背中を向け、ビルの下からこおろぎ組のフロアを見上げた。おそらく、松浦組長はいる。

でも、会えない。

本郷が何を言ったのか、詳しいことはわからない。だけど、自分が信頼を失ったことは真実だ。

元の関係に戻ろうとするなら、こんなやり方じゃ通用しない。

「すっげぇ音がしたけど、大丈夫かよ」

車に乗るなり、三井が助手席で振り返った。

「おでこ、赤くなってんぞ」

眉尻《まゆじり》を下げて、いつものようにヘラヘラと笑う。

「バカだなぁ、相変わらず」

「うっせぇよ」

「タモッちゃんが言ってたけど、バカとなんとかは使いよう、だってよ。ハサミだっけか。せっかく、綺麗《きれい》な顔してんだから、無駄な労力使わずにあしらってやればいいじゃん。いちいち殴ってたら、ケガするだろ」

「だから？」

トゲトゲしく答えたが、三井はどこ吹く風とやり過ごし、にやりとくちびるを曲げた。

「アニキががっかりするだろ。大事に大事にしてる相手を他の男に傷つけられるなんて、あの人の顔に泥を塗るようなもんだ。気にしてもらいたいんだよな、舎弟としては、さ。お願いしますよー、奥さま」

「ほっとけ！」

佐和紀が投げた草履が、顔を守った三井の手に跳ね、運転手の顔に当たる。

「とばっちりぃー」

格下の構成員を笑い飛ばし、三井は草履を後部座席にぽいっと放り込む。

「で、本当はいたんだろ。組長さん」

「だろうな」

佐和紀はため息をつく。草履のない足を引き寄せ、膝に頬を押し当てた。

「いいの？」

「いい……。こんなんじゃ、合わせる顔がない……」

本当は、会いたい。

なんでもないことを、なんでもないように話して、笑うでもなく過ごしたかった。

それは一年前の二人だ。狭い長屋の一室で、肩を寄せ合って暮らした時間を思い出し、佐和紀は深いため息をつく。

どうすれば周平と別れずに、松浦ともうまくやっていけるのか。そんなことを相談したい相手は、皮肉にも松浦しかいない。

「勢いだけじゃ、どうにもなんないって」

慰めるように言った三井が、車を出すように運転席へ指示を出す。車は静かに、その場を離れた。

数日後は、冬に舞い戻ったかのように気温が下がり、膨らみ始めた花の蕾《つぼみ》が小さく凍えるような午後になった。

家政婦の手伝いで夕食の下ごしらえをしていた佐和紀は、台所の引き戸を開ける音に振り返る。

顔を見せたのは岡崎だった。

「今夜はなんだ」

「聞いてから外に食いに行くつもりなら、聞くな」

不機嫌に言葉を投げつけると、台所に立つ家政婦が何事かと顔を覗かせる。岡崎に会釈すると、そのまま顔を引っ込めた。

「亭主じゃなかったからって、そんな言い方しなくてもいいだろ。がっかりさせて悪かったよ。暇ができたから顔を見に来ただけだ」

「てめぇの愛人じゃねぇんだから、軽々しく来るなよ」

「いつにも増して機嫌が悪いな。どうした。生理か」

最低な発言に、椅子《いす》を蹴り倒す勢いで立ち上がる。

「俺が、女に見えるか。めでたい頭だな。今日は肉じゃが。はい、これね」

テーブルに乗っていたサヤエンドウのザルを、立っている岡崎から一番近い席へ置き替えた。

「スジ取りして」

「……これでも、大滝組の若頭をやってるんだけどな」

「へー。すごいね。早くやって」

あごで椅子を示して、テーブルを離れる。家政婦のいる水回りへ行くと、すでに緑茶が用意されていた。「ほどほどに」と耳打ちで苦笑され、うなずき返してテーブルへ戻る。

ダブルのスーツを脱いだ岡崎は、シャツの袖もまくらずにサヤエンドウのスジを取っていた。意外に器用だ。

「岡村の方が上手だ」

緑茶の湯呑みを置いて手元を覗き込む。

「おまえのところの舎弟と比べるなよ。亭主はどうだよ、亭主は」

岡崎は肩を揺すって笑う。

「あいつは何をやってもソツがないだろ。料理本があればなんでも器用に作るよ」

「そんなに上手なら、独り身になればいいのにな」

「なー」

適当な相槌《あいづち》を打って、佐和紀も作業に戻る。ジャガイモの皮剝きだ。

「そういえばな、佐和紀」

手元に視線を向けたまま、岡崎が口を開く。

「俺に相談してた件はどうした」

自分の足で立とうとする時、自分に何が足りないかを聞いた話だ。佐和紀は一瞬だけ黙り、そして答える。

「……離れるのが不安で、ケンカを売ったわけじゃないよ。周平がわからず屋だから、単純なことがこんがらがってるだけだし」

「おまえ、冷静だな。さすがに周平がかわいそうだ」

「嘘つけよ。夫婦揃っておもしろがってるだろ」

「京子は大はしゃぎだな」

本当か嘘か、岡崎は楽しげに笑う。佐和紀と周平のケンカをきっかけに、岡崎夫婦の冷戦は終結したのだ。

「あいつに何を言わせたいんだよ、佐和紀」

「言えば、あんたは告げ口するだろ」

周平が岡崎を見返そうとするのは、二人の関係が親密な証拠だ。お互いの姿がはっきり見えすぎて、相手が自分の足りないものを持っている気がするのだ。

佐和紀からすれば、二人とも不可分なく一人前の男に見える。少なくとも、なんの作戦もなく、絶縁同然の親分に会いに行く無鉄砲さはないだろう。

「弟のために来たの？」

「いや、弟の嫁を眺めに来たんだ」

岡崎は手を止めて、緑茶の入った湯呑みを手に取った。スジ取りの終わったサヤエンドウを、佐和紀が移動させる。

「ニンジンの皮剝きもやっていく？」

「残念だけど、もうタイムアウトだ」

「あっそ……」

「わかりやすく不機嫌になるなよ」

「つまんないのー」

「近いうちに飲みに連れていってやろうか。おまえの好きな大衆居酒屋で、浴びるほど飲ませてやるよ」

湯呑みを戻した岡崎が、スーツに袖を通す。

「チンピラとケンカしたら止めてくれんの？」

佐和紀も席を立った。

「それは無理だろ。警察を呼んでやる」

「一番、性質《タチ》の悪い対応だな」

扉を開ける岡崎の背後につく。廊下に出た岡崎が振り返り、身をかがめるようにして耳元にくちびるを寄せてきた。

「おまえにケンカを売ってきたユウキがいるだろ？　あれと連絡を取ってるのか」

「うん」

「あいつは周平の身の回りをよく知ってる」

岡崎の言葉に、佐和紀は目を見開いた。

そんな助言をしてくるとは思わなかったのだ。

「裏切らないんじゃない？」

「そんなことを要求する必要はない」

佐和紀は顔をあげた。鼻先が触れ合いそうなほど近くに、岡崎の顔がある。

「キスしていいか」

苦み走った顔でにやりと笑われ、岡崎の耳たぶを引っ張って身を引いた。

「働いてきてくださいねぇ、若頭。俺の旦那《だんな》のためにも」

「へぇへぇ、一家のために苦い酒を飲んできますよ」

「晩ご飯、いらないの？」

「肉じゃがと茶漬けの用意だけしといてくれ」

ひらひらと手を振って歩き出す背中を見送って、佐和紀は静かに引き戸を閉める。

忘れたつもりになっていた、昔のことを思い出す。

シノギに出る岡崎をこおろぎ組の事務所から何度も見送った。連れていってくれと言うと、笑いながらかわされ、黙って車に乗っているとつまみ出された。

おまえは半人前だからと言った岡崎は、犯罪すれすれの行為を教えたくなかったのだろう。佐和紀が拗《す》ねると、土産《みやげ》を買ってくるからと、子供に対するように言い残して出かけていった。

あの時も、岡崎はひらひらと手を振っていた。

「すみません。電話してきます」

テーブルに戻りかけ、佐和紀は台所の奥に向かって声をかける。すぐに離れへ渡り、居間につけられた電話から三井へ連絡を入れた。

「ユウキをさ、呼び出してくれない？」

いつものように頼むと、電話の向こうの世話係はめんどくさそうな返事をしたが、それでも仕事はきちんとこなす。

わかっているからくどくは言わずに受話器を戻し、佐和紀は壁をじっと見つめた。

周平の仕事に首を突っ込むつもりはない。だけど、孤軍奮闘は無意味だ。岡崎の言う通り、自分の足で立つためには、周りを固める必要がある。

それがすべてビジネスライクである必要はないのだ。

今まで、佐和紀はあまりにも一人で過ごしすぎた。松浦のためにたった一人で走り回り、どうすれば効率的に金が稼げるのか、立ち止まって考えるようなことさえしなかった。

しばらくそのままで考え事をして、佐和紀は居間を出た。


「顔が、こわい」

その台詞《せりふ》は、顔を合わせてから、すでに五回目だ。

「生まれつきだよ」

答えた佐和紀は窓の外から視線を戻す。

ビルの二階にある喫茶店の窓際で、三井が拉致《らち》するように誘い出したユウキはストロベリーパフェを食べていた。いつもながらに若く見える。頭が小さくて手足が長い。ツヤツヤした肌は白く、亜麻色の髪には柔らかなパーマ。とび色の瞳《ひとみ》は、くりくりと大きかった。瞬きするたびに、長いまつげから風が起こりそうな美少年だ。

「周平を相手にケンカを売るなんて、思い上がりもいいトコだし。嫌ならいつでも代わってあげるから、遠慮なく言ってよね」

「そんなことは頼んでないだろ。ちゃんと話を聞けよ」

紅茶を一口飲んで見つめると、ユウキは片頬を膨らませ、くちびるをへの字に曲げた。

「あんたの話を聞く必要なんて僕にはないんだよ。毎回、毎回、何が楽しくて呼び出すんだよ。こっちはいい迷惑だし！」

悪態をつくくせに、話を無視することもなければ、口を開かないで帰ることもしないのがユウキだ。

「本妻のノロケを聞く愛人なんて、変な話なんだから……」

「いや、おまえは愛人でもないだろ」

冷静に訂正すると、ユウキが大きな目をさらに見開いて睨んでくる。瞳がこぼれ落ちそうで思わず手を伸ばすと、スプーンで叩《たた》かれた。

ケーキが有名な喫茶店は女性客だらけで、運転手を務めた三井もさすがに入店は遠慮した。その中で、和服姿の佐和紀とアイドル顔負けのユウキは、あからさまに周りの好奇心を引いている。

「何が不満なんだよ。っていうか、何様？」

「かわいい顔が台無しだ」

「それ言われるの好きだけど、あんたに言われるとムカつくんだよね」

喜んでいながら、チクリと刺してくる。

「素直に受け取っておけよ。顔だけはいいんだから」

「そーいうこと、言うからだろ！　いっつもいっつもイチゴショートしか食べないくせに。貧乏人ってヤダ」

「おいしいのに」

肩を揺らして首を傾げると、ユウキはイライラとしたまま、パフェを口に運び続け、ふいに顔をあげた。

「仕事には首を突っ込むなって、言われてるんでしょ？」

「何が」

視線をそらしたガラスの向こうには、四車線の幹線道路を隔てて、高級レストランが店を構えている。周平が中に入ったのは三十分前だ。

会合の情報は、浮気が不安だと言って石垣に調べさせた。

「こういうことしてるのがバレたら、酷《ひど》い目に遭わされるのはこっちなのに。パフェぐらいじゃ割に合わない」

「……誰と会ってんのか、知ってるんだろう？」

「だから、知らないって言ってる！」

「顔を見たって、俺には名前もわからないんだよな。まぁ、わかっても、次は関係がわかんないんだけど」

「知ったところで意味ないから、やめた方がいい」

「そう言えって、周平に言われたか」

ついっと目を細める。

ユウキを呼び出して、こんなことをしているのは、周平の仕事を探るためじゃない。それは単なる口実だ。

ユウキとの仲を続けておくように釘《くぎ》を刺した岡崎だって、そんなことをしろと言いたかったわけじゃないだろう。

今必要なのは、誰がどれぐらいの情報を持っていて、そして自分にどれぐらい協力的な立場を取るのか。それを知っておくことだけだ。

「……言われた」

パフェにスプーンを刺して、ユウキが素直に答える。

「親切で言うけど、やり方がマズすぎる。あんたの世話係は周平が大事にしてる舎弟だし、周平は別の人間にも、あんたを見張らせてるんだよ？」

「浮気するとでも思ってんのかな」

何気ない一言にユウキが恨みがましく目を細めた。

「あの周平にそこまで思わせて、さぞかし楽しいんでしょうね。奥さん」

「そんなでもないよ」

嫉妬の炎をさらりとかわして、一週間以上、誰ともキスしていないくちびるを指先でなぞった。

「おまえも、俺が聞いたことを簡単に吐くなよ？」

「いやだ。嘘ついたら、後がおっそろしいもん」

「気に入らない客を取らされるから？」

笑ってからかうと、ユウキは遠い目をして店内で談笑する女の子を眺める。

「……いいよな。あんたは、のんきで」

けだるい瞬きを繰り返す。

「僕だって、周平から酷く抱かれるのがお仕置きなら、喜んで足を開くけどね。もう二度と突っ込んでくれそうにないしなぁ」

不似合いなニヒルさで笑い、長いスプーンを指先でくるりと器用に回した。

「ねぇ、なんでも話すから、三人でしよ？」

大きな瞳をきらりと輝かせ、ピースの代わりに指を三本立てる。

「却下です」

真顔で答えると、ねっとりとした視線が絡みついてきた。

「ケチ。やれば楽しいと思うんだけどなー。挿《い》れさせてやるし」

「おまえが狙《ねら》ってんのは、周平の方だろう。絶対、嫌……」

「周平に突っ込まれたままセックスしたら最高だよ？」

ここのケーキはおいしいねと話しているような明るい表情で、とんでもないことを言い出す。

「……したことあるような顔だな」

「ないわけがないじゃん。バッカみたい」

美少年はあっけらかんと笑い、返す言葉が見つからない佐和紀を覗き込んだ。

「苦労してるのになぁ……。身体、張ってんのにさ……。僕と結婚してくれてもよくない？」

「……おまえ、男だろ」

「あんたに言われたくないっ！」

「あ。出てきた。あれ、誰？」

窓の外を指さすと、

「そのマイペース！」

ユウキがテーブルをバンバン叩く。その手を押さえて、目の前で立てた指を外へ向ける。

ユウキが視線を滑らせた。

レストランから出てきたのは中年の男だ。周平の姿はない。

「知ってる？　知ってない？」

「……」

ユウキがうんざりしたように目を伏せた。

「言えない」

「……わかった」

うなずいて、手を離した。

「なんでも好きなもの、買ってやるよ」

佐和紀が笑いかけると、ユウキはくちびるをとがらせて拗ねた顔になる。

「周平の仕事には首を突っ込まない方がいい……」

「そんなつもりはないよ。ただ、負けたくないだけ」

男が消えてからしばらくして、別の男たちと出てきた周平が車に乗り込む。走り出すのを見てから立ち上がった。

「殴り合いじゃないんだから、勝つとか負けるとか変だよ。好きなんだろう」

ぽかんと見つめてきた後で、ユウキが眉根を引き絞る。

「好きだからだよ」

佐和紀はそれだけ言って、伝票を手に取った。理解なんて、誰にも求めていない。

「ねぇ、僕さぁ、答えてないよね？」

「ないよ」

佐和紀はあっさり答えた。

「じゃあ、なんのために呼び出したのさ。さっきのおっさんのことじゃないの？」

「俺とおまえの友情を確かめたくて、な？」

「は？　気持ち悪い！」

自分の肩を両手で抱きしめ、ユウキはおおげさなほどブルブルと震えた。

「で、なんでも買ってくれるって、本当？」

大きな瞳が、佐和紀を見つめてきらりと輝いた。

＊＊＊

大滝組の事務所で、数人の構成員と懇談をして組界隈《かいわい》の噂《うわさ》を集めた後、周平は定時報告の電話を受けた。

生活のリズムは、結婚前と何も変わらない。佐和紀と離れを出た時にセーブした仕事をこなしてはいるが、一度、舎弟たちに振った仕事はそのままにしてある。

「シン、車を回してくれ」

応接室に入ってきた岡村に告げて、電話に戻る。

相手はデートクラブの管理を任せている構成員だ。経営の実務ではなく、監視と連絡役を受け持たせている。

「どちらまで」

脱いでいたスーツを着て部屋を出た。呼んであったエレベーターの中で、同乗した岡村から尋ねられる。

通っている会員制クラブの名前を答えた。

「ユウキを呼んでる」

そう言うと、壁に添って立っている岡村の肩が目に見えて緊張する。

「余計な勘繰りをするなよ」

「すみません」

素直に頭を下げるのが嫌味なところだ。口にはしないが、浮気を疑っている態度だった。

「佐和紀が呼び出したらしい」

それだけなら、いつものことだ。

ケンカを売られたにもかかわらず、佐和紀はことあるごとにユウキを呼び出しては食事をしたり、お茶を飲んだりしていた。

承知している岡村も、それぐらいならいつもことだと無表情を決め込む。

「いまさら、あいつを抱く気になると思うか」

「俺に聞かれても」

「嫌な態度だな」

「申し訳ありません」

そんなやりとりをしながら、車へ向かった。

佐和紀と没交渉になってから一週間。ヤクザになってから初めてと言っていいほどの禁欲生活だ。

岡村から性欲処理の相手を探していると思われてもおかしくはなかった。佐和紀が現れ、乱れきった性生活をぴたりとやめることができたことがそもそも奇跡なのだ。

車で繁華街まで移動して、小ぎれいなビルへ入った。

会員制クラブの重厚なドアを抜けると、そのままＶＩＰルームへ案内される。

すでに待っていたユウキはソファーで膝を抱えていた。お目付け役の構成員が壁際で一礼する。

「元気か」

社交辞令の声をユウキにかけ、向かい側のソファーに座る。

「岡村はそこにいろ。おまえはいい。呼ぶまで外で待ってろ」

構成員が命令に従い、部屋から出ていく。

「下手な詮索《せんさく》はしませんが」

と岡村が言った。本心じゃないと思いながら、周平は軽く笑い飛ばす。

「火のないところに煙が立つと厄介だ」

ふてくされた顔のユウキを目の前に、周平はソファーへもたれた。足を組み直し、立てた指先を動かすと、そばに控えていた岡村がタバコを差し込んだ。

「あいつと会って、なんの話をしてるんだ」

くちびるに近づけると、ライターの火が向けられる。

「別に。周平がどんなセックスするのかとか、浮気しそうな相手はいるのかとか。そういうことを聞かれてるだけだ」

「佐和紀のこと、嫌いなんじゃないのか」

「嫌いだよ。しつこいのは僕じゃなくて、あっち。断っても、無理やり来るし、迷惑してる」

「何を聞かれた？」

昨日、二人が会っていたことは知っている。それが、周平の行った会談場所のそばだということも。

「何も話してない」

見つめてくるユウキの目はくりっとして、いつも以上に大きく見開かれる。潤んだように見える瞳は、少年めいた顔とあいまって、独特の淫猥《いんわい》な色気がある。

でも、周平がほだされたことは皆無だった。他の『商品』たちよりもわがままにさせたのは、ユウキが『かわいかった』からじゃない。

そうやってチヤホヤすることで、商品価値があがると見越したからだ。

「聞かれたけど、答えなかったんだよ」

周平の視線にさらされ、ユウキは落ち着きなく言葉を重ねた。

「今まで、そういうことが話題になったこと、なかったんだけど。昨日は初めて聞かれた。でも、言わなかった！」

「教えなかったんだな」

「教えてない」

断言するユウキを疑う気はなかった。

周平はタバコをくゆらせ、静かに考えを巡らせた。

「昨日の相手、おまえは名前も知ってるよな」

「え？　あ、うん……。俺の客じゃないけど」

佐和紀からの質問に、ユウキは『答えなかった』。

『知らない』とは言わなかったのだ。本当のことを知っていたから。

佐和紀は自分が思うほど、バカでも短絡的でもない。誰かが手段を教えれば、それを駆使するだけの能力は備わっている。

今まであまりに教育がなされていなかっただけだ。

「こわいな」

思わず口に出た。佐和紀に助言をしているとすれば、岡崎か京子だろう。でも、ユウキが絡んでいるところを見ると、岡崎の方が有力だ。

周平はため息をつきたいような気分で、代わりにタバコの煙を吐いた。

「バカなりに頑張ってるんだなって、それは健気《けなげ》かもとか、思ったけど」

小声で言ったユウキは、自分の言葉を嫌悪するように顔をしかめた。それから、小動物の動きで立ち上がり、するりと周平の隣に座る。

「ケンカ、してるんだよね？」

しなだれかかってくる身体から、柑橘《かんきつ》系のさわやかな匂いがする。かつて周平がユウキへ贈った香水だ。

「させてよ……。挿れてなんて、言わないから」

太ももを撫でた手が、すっと移動した。壁際に控える岡村のことなどおかまいなしだ。股間《こかん》を握ったユウキは、うっとりと目を細める。

「やめとけ。おまえ相手じゃ、前ほど勃《た》たない」

押しのけもせずに、タバコをふかした。

「シン。おまえ、抜いてもらえよ」

「えっ」

と声をあげたのは、ユウキだけじゃなかった。

表情を崩した岡村に対して、向かいのソファーを指差した。その指で、ユウキのあごをなぞり、

「やってやれよ」

「なに言って」

「いろいろ溜《た》まってるらしいからな。おまえ相手なら満足するだろ。シン、そこに座れ」

命令すると、不本意そうな顔をしたが、それも一瞬だった。

岡村がソファーに座り、周平に肩を押されたユウキは、くちびるをとがらせながら立ち上がる。

「こんなことなら、言い出さなかったのにぃ」

「金なら払ってやるよ」

「キスのひとつぐらい、して欲しい」

「商品が舐《な》めた口、利いてんじゃねぇよ」

せせら笑うと、ユウキは顔を歪めてため息をついた。

「最っ低に、虫の居所悪いじゃん」

岡村の足の間にしゃがみながら、聞こえよがしに声を大きくした。こんなことは初めてじゃない。岡村の方も慣れているから、自分でスラックスのベルトをはずし、前立てを開く。

じきに濡《ぬ》れた音が響き始め、無表情を崩すまいとしていた岡村が、ユウキの舌技に耐え切れず上半身を前傾させた。

周平はタバコを灰皿に押しつけ、ソファーから立ち上がる。

二人を残して部屋を出る間際、岡村のうなじをそっと掴んだ。

「俺は帰る。後は好きにしろ」

「ちょっとっ！　それって、どういう……っ！」

ユウキがわめく。

「おまえも、シンとやるのは嫌いじゃないだろ。慰めてやって」

「慰め、って……」

戸惑《とまど》った声を最後に、ＶＩＰルームを出る。岡村は息をひそめ続け、何も言わなかった。

愛人の後始末を頼んでいる岡村には、男の相手もさせている。プライベートで欲情しなくなるぐらいセックス三昧《ざんまい》のはずだが、それでもなお、消しきれない火を心の中で燻《くすぶ》らせているのだ。

相手は明白だった。佐和紀を見る時の岡村の視線は、時々周平を驚かせる。

「車を回してくれ。事務所に戻る」

外で待っていた構成員に告げると、ちらりと部屋の中へ視線を向けた。

「仕事の話をしてるんだよ」

周平が笑って歩き出すと、慌てて後を追ってくる。

岡村の気持ちを咎《とが》めるつもりはなかった。

相手は佐和紀だ。惚れるなと言う方が難しい。でも、見た目のたおやかさとは真反対の狂犬だ。暴れ回るだけならまだしも、この頃は頭脳戦にも挑んでくる。うっかり足を踏み込めば、ユウキのように絡め取られるだろう。今は嫌がっていても、佐和紀が真剣に尋ねれば、ユウキは情報を流すはずだ。

「逃げろよ」

決してウブじゃない舎弟を思い浮かべ、口の中でつぶやいた。スーツのボタンを留め直す。

若い構成員は肩を緊張させ、何も聞いていないふりをしていた。

6

長屋がある路地の出入り口までついてきた子供たちに見送られ、佐和紀はそのまま徒歩で商店街へ向かった。どこもかしこも懐かしくて、この一年の長さを思い知る。

寒い季節にここを出た。大滝組で春を過ごし夏を過ごし秋を過ごし、巡ってきた冬が終わろうとしている。二度目の春はもう日差しの中だ。

突然、ビタンッ、ゴンッと大きな音がして、佐和紀は足を止める。振り向くと、後ろから走ってきたのか、幼稚園児ぐらいの女児が倒れ込んでいた。その手の先に、袋が投げ出されている。

通り過ぎたばかりの豆腐屋の袋だ。お使いの器ごと入れてもらったのを、こけた拍子に投げだしたのだろう。

「あらあら、まぁまぁ」

親切なおばさんが子供に声をかける。当の本人は、自分の膝のケガよりも豆腐が崩れてしまったことに驚いているらしい。

中を確認すると、幼い顔がくしゃくしゃになった。涙がぽろぽろとこぼれ、すぐに大声をあげて泣きじゃくる。

　佐和紀は取って返した。

　子供の顔を覗き込んで、頬を片手で思いきり摑んだ。くちびるがむにゅっと突き出て、幼児の顔が愛らしいひよこになる。驚いた子供が黙ったのと同時に、袋の中を見た。

　蓋《ふた》付きの器から袋の中に飛び出した豆腐は、崩れていたが汚れてはいない。

「泣くなよ。まだ食べられるから」

　着物の帯からがま口を出して、五百円玉を子供に手渡す。器だけを袋から出して突き返した。

「これは俺が買った。もう一度、行って買ってこい。ケガは行きがけにコケたことにすればいい」

　突然のことに、わけがわからない顔をしながら子供がうなずく。

　佐和紀は袋を手にして立ち上がった。

「誰でも経験のあることだ。おばさんにお礼を忘れるなよ」

きびすを返して歩き出すと、子供が慌てて追ってくる。袖を引かれてもう一度、足を止めた。

「ありがとう」

　涙で濡れた顔はまだ硬くこわばったままだ。片頬をつねってやって、佐和紀は何も言わずにその場を離れた。

　長屋に住んでいる子供たちも、よく転んでは泣いていた。お使いを頼まれたのに、買った品物を持ったまま遊びに行き、どこに置き忘れたかわからなくなったのを一緒に探したこともある。

「優しいですね」

　短い商店街の突き当りで待っていた男に言われて、佐和紀は手にした袋を持ち上げてみせた。

「くずし豆腐、食べるか。あそこの豆腐屋は、うまいよ」

「本気ですか？　それなら、コンビニで皿と醤油《しょうゆ》を買ってきます」

「ビールもな」

　岡村は言われた通りに、すぐ近くのコンビニで必要なものを買い揃えて戻ってきた。

「よく時間が取れたな」

　大通りに駐車してある岡村の愛車へ乗り込む。助手席に座った佐和紀は、崩れた豆腐を手早く分けた。醤油を垂らして、缶ビールを開ける。

「俺にもプライベートな時間はあります」

「それを兄貴分の嫁に使って、意味があるのかよ」

　鼻で笑うと、岡村は複雑な表情で豆腐を口に運ぶ。

「うまいですね」

「うまいだろ。死にかけたジジイがやってんだよ。戦後から、あそこで豆腐作ってるってさ」

「懐かしい味ですね」

あっという間にたいらげた岡村は、ゆっくりどうぞと佐和紀に声をかけて車を発進させた。三井と石垣に言わせると、岡村の愛車の中で飲食するのは厳禁だ。

一千万円をかけた車だと聞けば納得だが、佐和紀はもう何度も、食べたいものを食べている。

「話って、なんですか？」

「あぁ。……後でもいいだろ。船を見に行こう。船」

「マリーナですか。それとも、氷川丸《ひかわまる》」

「氷川丸だな。中華街でメシ食おう」

そういうことに決めて、佐和紀はビールを飲んだ。車は海へと進路を取る。

パーキングに車を停めて、ぶらぶらと中華街を流し、飲茶《ヤムチャ》の店へ入った。ほどよく腹を満たしてから、山下《やました》公園へ向かう。

陽はすっかり落ちていた。冷たい海風の中、恋人たちの姿もまばらで、ベンチはいくつか空いている。平日だからだ。

佐和紀は岸壁の柵《さく》に摑まり、電飾のきらめく氷川丸を見上げた。結婚してすぐの頃、言いたいことが言えずに離れを飛び出し、勢いでチンピラとケンカして、ここへ足を運んだ。

昨日のことのように鮮明なのに、どこか懐かしい。

「兄貴のこと、疑ってるんですか」

「うん？　浮気してるのか、って？」

柵に背を預けて振り返る。背筋を伸ばして立つ岡村が眉をひそめた。

「疑ってもしかたないだろ。あいつは感情で股間を反応させる男じゃないからなぁ。やりたくてやってるなら、浮気だろうけど」

指を二本合わせてタバコを要求すると、岡村はすばやくジャケットの内ポケットから一本抜いた。受け取って、差し向けられたライターの火をもらう。

「してませんよ、今は」

「他にうつつを抜かしてる暇があれば、てめぇの嫁に頭を下げにこいって言うんだよ」

「『山の神』とはよく言ったものですよね」

岡村が笑う。

「俺もいいですか」

そう言われて、うなずいた。岡村はタバコを口に挟み、身をかがめるようにして火を点けた。風が吹いて、岡村の髪を乱す。

「周平の仕事は、公安のどこが絡んでるんだろうな」

何気なくつぶやくと、岡村が目を見開いた。

「……意外か？」

「調べたんですか」

「いや、岡崎だ」

「あぁ、それなら……」

緊張を解いた岡村が、佐和紀の横に並ぶ。

「俺がどうこうしたって、ボロを出したりしないんだろ。周平は」

「そうですね。全体像を知っている人間は限られてますし、俺は知りません」

その一言は予防線だ。ユウキが張ったものと変わらない。

「シン。俺は別に、あいつの仕事に首を突っ込もうとは思ってない。自分から危ない橋を渡って、周平やおまえに迷惑をかけるつもりもない」

「それなら、どうして……」

「周平が好きだからだ」

「え？」

答えになってないと思ったのだろう。いぶかしげに眉をひそめる岡村を置いて、佐和紀はその場を離れた。公園の出入り口に向かいながら、氷川丸を振り返る。

今はもう、旅をすることのない船だ。拘束された姿は、佐和紀が生まれ育った町の、コンクリートで船底を固定された軍艦とよく似ている。それは母の姿を思い出させる光景だ。そして、少し前の佐和紀でもある。

不幸でなければ幸せだと思い、その先にある夢や希望を捨てていた。生きていくことは味気ない。けれど、一度でも愛を知れば、もう世界は、まったく別のものだ。

「佐和紀さん」

心配そうな声には振り返らず、少し笑う。

「夜景を見に行こうか。シン」

「……夜景、ですか」

「おまえが女を口説くならどこに行く？」

「そういう言い方をしないでください。選びにくくなるじゃないですか」

「そういう神経してないだろ、おまえは」

笑いながら駐車場へ戻った。

周平がやってきた色事師の仕事を受け継いだのは岡村だ。仕事の詳細は知らないが、並の神経では務まらないだろう。第一、佐和紀への気持ちを知られていても、何食わぬ顔で世話係をしているのだからザイル並に太い神経だ。

岡村の運転する車が市街地を離れ、山道へ入っていく。暗闇《くらやみ》の中をしばらく走った。

後続車もなければ、対向車もない。

それなりに速いスピードで走る車は、カーブを滑らかに曲がった。岡村は乗っていて心地のいい運転をする。乱暴に飛ばしたがる三井の運転とは真逆だ。

たぶん、ベッドの上でも同じだろうと思いながら、佐和紀は窓の外へ視線を流した。枯れた木の間から、町の灯《あか》りが眺められる。やがて車は静かすぎる空き地に止まった。

整備もされていない駐車場だが、開けた視界の向こうにはささやかな夜景が広がっていた。山を吹き下ろす風はまだ冷たい。

「俺が生まれた町です。夏になると、カップルの車で、このあたりは埋め尽くされますよ。ちなみに、カーセックスのための溜まり場ですけど」

「……やってたわけか」

「夏は来ませんよ。落ち着きませんから」

岡村はひそやかに笑って、車にもたれる佐和紀の横に立った。

「アニキは困ってますよ……」

うつむいて、ぼそりと言う。

「何を考えてるか、聞き出してこいって言われてるんだろう？」

「何を、考えてるんですか」

イエスともノーとも言わない。そっくりそのまま聞き返されて、佐和紀は笑いながらシヨートピースを取り出した。

口に挟むとライターを差し出される。吸い口をつぶして、先端を火で炙《あぶ》る。いぶされるタバコの葉の匂いがして、佐和紀は大きく息を吸い込んだ。

「シン。おまえは、俺とあいつが別れたらいいと思うこと、あるか」

「え？」

ライターを取り落とした岡村が慌てて身をかがめる。

「俺は周平のことが好きだ。だから、あいつがどこで生きていても、適当な距離を保てるようにしようと思う。足手まといになってまでついていきたくはないし、べったり寄り添ってるだけが大切なことじゃない。マンションで暮らしてみてわかった」

「アニキは、佐和紀さんを離さないと思います」

「んー……。だろうなぁ。今のままだとな。でも、それって、ほっとくと危なそうに見えるからだろ。あいつが必要としてるわけじゃない。たぶん、あいつは誰にも頼らないよ」

煙を吹き出して、また少しだけ吸い込む。

「仕事上は特にそうだろう。なのに、あいつはどうして、ビジネスとプライベートを混ぜて考えてるんだろうな。俺は仕事仲間になるつもりはない。わかってるんだと思ってた」

身体の片側を車から離して、岡村に向き直る。

「俺はあいつの嫁で、それ以上でもそれ以下でもない」

「……佐和紀さん」

まっすぐ見つめると、深刻な顔になった岡村が全身を緊張させる。

「なぁ、シン」

タバコを指に挟んだまま、剃《そ》り残しのない岡村のあご先をなぞる。ビクリと身をすくませて、岡村は視線を揺らした。

「公安ってのは、いくつかあるんだろう。どこが関係してるんだ。見張られてるのか、それとも……」

「佐和紀さん！」

岡村が叫んだ。佐和紀の手から飛びすさり、距離を置く。

「……俺に、アニキを裏切れって、言うんですか……っ」

声が震えている。うつむいて身をかがめた岡村は、身体を支えるようにして両膝に手をついた。

佐和紀は目を細め、ズレた眼鏡を押し上げる。

結婚しても、愛し合っていても、お互いの人生はそれぞれのものだ。だから、周平が組を離れる時、佐和紀がどうするかなんてことは気にすることじゃない。

気持ちがある限りはそばにいるし、佐和紀は周平を傷つけたくないと思う。でも、それが周平には信じられないのだ。

二人の関係が、『二度とするはずのない恋』である以上、周平は過去の傷を引きずり続ける。

「あんまりドラマチックに考えるなよ」

眼鏡をはずして、佐和紀は自分の足元に捨てた。

「目が悪いんだ。こっちに来い」

愕然《がくぜん》としていることは雰囲気でわかる。タバコを吸って待っていると、岡村は夢遊病者のようにふらふらと近づいてきた。

車のボンネットに手を置き、佐和紀を腕の中に閉じ込めた。

「こんなことして……」

「どんなことだよ」

近づいてくるくちびるを、タバコを持っていない手で止めた。

「代価なんて、払わない」

「佐和紀さんっ」

「それでも、するのか」

「あんたは……。あんたって人は！」

「公安がどこだろうがいいんだよ。俺が聞いたことに、素直に答えるおまえなら」

佐和紀が自分の足元を完全にするためには、どうしたって岡村の存在が不可欠だ。周平のそばにいて、周平を知っていて、周平に忠誠を誓っている。そして何よりも、周平が信用している第一の男だ。佐和紀自身を守らせるのなら、この男の他に適任者はいない。

だから、岡村に裏切らせると決めたのだ。

佐和紀は無感情にタバコを吸った。

男の胸を手のひらで押し返すと、強い力で握られた。

「キスぐらい、いいでしょう。あの人を裏切るんだ。それぐらい」

「安いなぁ……」

ハッと短く息を吐いて笑う。対する岡村の顔が、見る見るうちに蒼白《そうはく》に変わった。

「人の足元を……」

「見てるよ。だけど、こんなこと、誰にでも言うと思うな」

三井や石垣とは違う。

誰にでも与える媚《こび》じゃない。

「おまえにとっての俺がどれぐらいのものか。ちゃんと頭で考えろよ」

車にもたれ、佐和紀はタバコを吸い続ける。

岡村はその場にしゃがみ込んだ。安物のスーツの肩が、ぶるぶると震える。

周平をこっそりと追い回していた時、岡村は佐和紀に気づいても、なかったことにして視線をそらした。隣に立つ周平は佐和紀に気づかない振りを続けていた。

周平は、岡村の気持ちを裏切りとは思っていない。暴走することがないと思っているのかどうかは知らないが、その想いがある限り、自分の目の行き届かないところへ気を配ると信じている。

それが周平と岡村の間にある、信頼だ。

だから、感情を咎めることもなければ、世話係の仕事を逸脱して佐和紀を守れ、とも言わない。命令するまでもないからだ。

「俺が好きなんだろう。シン」

その場に膝をついてうなだれる岡村の絶望が、佐和紀にも痛いほどよくわかった。

一度でも間違いが起これば、岡村は破綻《はたん》する。佐和紀だって、岡村を愛人にできるほど器用じゃない。

「それでいいよ。それで、いい……」

佐和紀はそっと着物の裾の上前だけを揺らした。岡村の手に与える。

何も言わずに、岡村は額へと布を押しつけた。

叶《かな》うことのない想いを、無謀だから捨てろとは誰にも言えない。嫌いになってくれと言ってできるのなら、岡村だって、佐和紀や周平に気持ちを悟らせはしなかっただろう。一番戸惑い、迷い抜いたのは岡村自身に違いない。

「シン、眼鏡を取ってくれ」

命令すると、眼鏡を拾い、ハンカチで丁寧にレンズを拭いて立ち上がった。差し出してくる手を掴んで、おもむろに首筋を抱き寄せる。

岡村の感情がどこまでも澄んだ清廉な決意だと、佐和紀は決めつけた。本当だろうが嘘だろうが、その言葉で縛りつける他に、岡村を守る術《すべ》もないからだ。

「俺はおまえには応《こた》えられない。でも、頼りにしてるから、心配するな。俺と周平のために働いてくれ」

佐和紀たちの仲を裂こうとする男たちに気づかれ、この恋心がいつか利用されるぐらいなら、今、こうしておく方が何倍もいい。

肩に顔を伏せた岡村の背中が震えている。さすってやりながら、佐和紀は静かにショートピースをくゆらせる。

あの日、車の前で二人は並んでいた。

佐和紀に気づいた岡村がその場を離れると、周平は困ったような顔で佐和紀を振り向き、そっと指先を振ってみせた。まだケンカをしているのに、そんなことを忘れたような仕草に、佐和紀の胸はキュッと締めつけられた。

いつまでも待っていると言われた気がしたからだ。

周平は優しい。佐和紀の怒りも戸惑いも、何もかもを包んでしまおうとする。

でも、それればかりではどうしてもダメだ。

人生の中で、誰に対してだけ膝を折って許しを乞《こ》うのか、それを理解して欲しい。

家族になると二人で決めたのだ。もっと信頼して欲しい。

自分が嫁として必要とされているのなら、絶対に家庭を壊したりはしない。周平が周平でいられる場所を、誰にも奪わせない。それは、周平自身にもだ。

二度目の恋なんて言葉で、過去に縛られて欲しくない。

佐和紀の指から伸びる白い煙は、闇の中に広がって消えていく。目の前に広がる夜景が静かにきらめき、人々の暮らしがそこにあることを伝えていた。

＊＊＊

翌日の夜は石垣に車を出してもらい、佐和紀は横浜を離れた。

その途中で、石垣の携帯電話へユウキから連絡があり、周平を探るのはやめろとしつこく忠告された。電話をかけてくること自体が珍しい。その上、いつもとは違う冷静な声だったから、佐和紀は一応のところ承諾した。

岡村がかわいそうだと落ち込んだ声で話していたが、詳細は問い詰めずにおく。想像はつくし、それは周平と岡村の問題だ。

だからこそ、周平と自分の痴話ゲンカも、二人だけの問題だと思う。

周りがあたふたしているほどには、周平へのダメージはない。たぶん、夜這いを許したからだ。

抱こうと思えばいつでも抱ける。そう思うから、毎日花を贈ってくる他にアクションはない。

舎弟たちは、謝るタイミングを逸したと思っているらしく、特に三井の憔悴《しょうすい》っぷりは半端なかった。

「誰と会うんですか」

車を運転する石垣が話しかけてくる。車は高速道路を降りて、都内を走っていた。

「人と」

そう答えて、佐和紀は窓の外を眺めた。

相手を明かさないのは、周平から連絡が入った時、石垣が嘘をつかなくていいようにだ。

「あんまり無茶をしないでくださいね」

石垣は多くを語らない。それが彼なりの『保身』だと佐和紀は気づいていた。

元々、面倒見がよくて心配性だ。三井に対しては何事もズケズケと言うくせに、佐和紀に対しては思っていることの半分も言わないようにしている。いつからか、石垣はそうなった。

まるで居心地のいい相手になろうと努力しているみたいで、佐和紀は時々無性に石垣をかわいく思う。

「佐和紀さんは、何を怒ってるんですか」

ホテルのロビー前に車を停めた石垣が、後部座席のドアを開け、着物の乱れを直す佐和紀に小声で聞いてくる。

「どうでもいいことなんだけどな」

「あまり引っ張ると、収まりがつかなくなります」

「そういう問題じゃねぇよ。許すとか許さないとか、収まるとか収まらないとかじゃなくて」

「もしかして、魔法使いみたいなことを、アニキに求めてませんか」

「俺を処女の高校生かなんかだと思ってんのか」

髪を掻《か》き上げ、毛先の流れを整える。

「タモツ。俺は、ただ、勝ちたいんだ」

「勝つって……」

「おまえは周平に答えを教えそうだから言わない。それに、俺は周平が自分で考えて出した答えが欲しいんだよ」

「……持って回った言い方、するんですね」

瞬きを繰り返した石垣が、ムッとしたようにからかいを投げてくる。その頬をペチペチ

と叩いて、

「恋してるんだから、大人にならないわけがないだろ？」

佐和紀は笑いながら、その場を離れた。

「ラウンジの個室に行くから、車を停めたらカウンターで待ってろ」

振り返ると、石垣が駆け寄ってくる。

「個室って……誰と」

「周平じゃないことは確かだな」

心配そうな顔をする肩に拳《こぶし》をぶつけ、話はそこで終わりにした。

ロビーへ入り、地下にあるラウンジでボーイに声をかける。にこやかな微笑《ほほえ》みで、奥にある個室へ通された。

重厚な家具が配置された部屋の、ソファーセットに腰かけていた丸顔の男が立ち上がる。ダブルのスーツを着た恰幅《かっぷく》のいい中年は、結城紬《ゆうきつむぎ》に羽織を着た佐和紀を見るとあからさまに頬をゆるませた。思った通りの反応に、佐和紀は軽い会釈を返す。

こおろぎ組の若頭・本郷だ。

ソファーで向かい合わせに座り、佐和紀は勧められるままにブランデーのグラスを受け取った。

「酔いそうなんですけど」

と言うと、色欲に濁った本郷の目が細くなる。

「部屋を取ってやるよ」

「若頭が間男なんて、やめてください」

本来なら、こおろぎ組の一構成員である佐和紀にとって、若頭の本郷は絶対服従するべき上司だが、こおろぎ組の上部組織である大滝組の若頭補佐の嫁になった今は、どちらが上とも言えない、あやふやな関係だ。

「そういう冗談が、冗談にならなくなってきたな」

普段、こおろぎ組の事務所でしか会わない佐和紀が、自分の誘いに乗って出てきたことがよっぽど嬉《うれ》しいのだろう。本郷の舐め回すような視線にさらされても、佐和紀は動じずにあごを引いた。髪を耳にかけながら、眼鏡ではないことを思い出す。

「あぁ、眼鏡がないのか」

本郷にも指摘され、

「コンタクトなんです」

答えながら顔をあげる。視線を合わせると、本郷がどぎまぎと視線をそらすのが可笑《おか》しかった。押しが強いのに、どこか純情で、周平とは比べものにならないほど単純な男だ。

「……変わったって言いたいんでしょう。最近はそればっかりなんで、もう聞きたくないです」

「そうか。食事はしてきたか？　軽食ならあるぞ」

「フルーツと生ハムと、ナッツ」

遠慮なく並べ立てると、本郷がボーイを呼んで注文する。

「岡崎と岩下が揉めてるってのは本当なのか」

テーブルの上に、注文したものが一通り並べられ、佐和紀はナッツを口に入れた。

「少し前の話です。揉めてるというほどのことでもなかったし。……俺も旦那とは冷戦中です」

「なに？」

本郷が腰を浮かしかけた。

「たわいもない夫婦ゲンカですよ」

「岩下が浮気でもしたか」

佐和紀をこおろぎ組に戻すことはまだあきらめていないのだろう。本郷はにやにやと嬉しげに笑った。

「そんな暇はないはずなんですけどね」

佐和紀は生ハムを指で摘《つま》み、舌先へ運んだ。

「オヤジとのこと、どうするつもりだ。そろそろ頭を下げにこい。このままじゃ、本当に病気でぶっ倒れるぞ」

「そういう話で呼び出したんですか？」

「そうだ。俺が、間に立ってやるから」

「……本郷さんに頼むと高くつきそうだからなぁ」

かすかに笑って肩をすくめると、仕草に見惚《みと》れたらしい本郷がブルブルと首を振った。

「岡崎よりも俺の方が」

「どっちも妻子持ちじゃないですか」

「嫁ぐらい、おまえ」

どこか必死な本郷を斜に構えて睨む。

「これでも、俺だって人の嫁ですから、『ぐらい』と言うのはどうなんですかね」

「そういうことじゃないだろう。で、どうする」

「どうするもこうするもないです。自分のケツは自分で拭きます。お手を煩わせるまでもありません。それより、しっかりシノいでくださいよ」

「自分で、って」

「頭を下げるぐらいのことはできる」

テーブルの上に置かれている本郷のタバコの箱を引き寄せて、一本抜く。

「言うことは聞けないけど」

周平と別れて戻ることはできない。自分の気持ちを松浦に理解させることだって難しいだろう。

でも自分の身勝手を認めて親代わりの恩人に頭を下げることは、人としての道であり仁義だ。

「俺の方も話があるんですけど、本郷さん。いいですか？」

足を組むと、着物の裾がはだける。気にせずに片足首を膝の上に引き寄せた。今夜は股《もも》引《ひき》もお役御免だから、素肌があらわになる。

「俺に足をさらして、独り寝がさびしいようなことを平気で言うなよ」

本郷の目が鈍く光った。男のあからさまな劣情を見て、佐和紀はくちびるの端を曲げた。

タバコを持ってない方の手を内太ももに滑らせる。誰でもするような、たわいもない仕草だ。なのに本郷はおもしろいほど動揺する。それを隠そうとする表情がコロコロ変わり、動揺が過ぎて、新しいタバコのフィルター側を焼く。

「部屋を取るから、そこで話すのはどうだ、佐和紀」

舌打ちしながら、ダメになったタバコを灰皿へ投げ捨て、本郷は新しい一本を口に挟む。

「嫌ですよ。金をくれと言ってるわけじゃないし、見せてるわけでもない」

「何言ってんだ……。そんなふうに、して」

「女の和装じゃないんだよ？ いやらしい目で見るから、そう思うだけだ」

「佐和紀」

懇願するような本郷の声に、そっと裾を摘んで戻す。

「いや、待て……」

「目上に対して、ちょっと気を許しすぎました、よね？」

「……あ、暑いんだろう。好きにしておけ」

片手で額を覆った本郷が呻いた。

「周平の評価を、聞かせてください」

「俺のか？」

返される質問に、佐和紀は静かにうなずいた。本郷が口を開く。

「人を見る目は確かだ。あの男の周りは仕事内容によって縦割り社会ができていて、情報の管理が徹底されてる。なぁなぁで話が横に滑るなんてことがほとんどない。岡崎が若頭におさまったのは、大滝組長の一人娘と結婚したからじゃなくて、岩下を使える女と結婚したからってのが周りの評価だ。岡崎を押し上げるのに、岩下がバラ撒《ま》いた金はかなりの額だろう」

「その割には頭が上がらないみたいだけど」

「岩下をまず色事師の仕事から幹部候補に引き上げるまでが、大変だったらしいからな。そりゃ、岩下を使ってたヤツからしたら大損害だ。あの男が仕込んだ女の稼ぎの良さはピカイチだって話だしな」

「ピカイチ、ねぇ……。本郷さん、試してないの？」

何気なく視線を流すと、ふいっとそっぽを向く。子供みたいに素直な反応だ。

「ピカイチだった？」

「……しばらく囲ってた」

言いたくなさそうに声をひそめた。

「俺のことも、試してみたいだけなんじゃないの？　その子みたいに具合がいいか……」

「バカを言うなっ」

灰皿でタバコを揉み消した本郷が声を荒らげる。

「おまえは、そんな……」

最初の勢いはどこへ行ったのか、どんどん声を小さくして、最後には肩を落とす。まるで若造みたいな仕草だ。

「じゃあ、見てるだけにしておいてよ。頭の中でどれだけ犯そうが、それは本郷さんの好きにすればいい。想像はタダだ。……俺を抱くところでも、俺があいつに泣かされてるところでも、口に出さなければいいだけだ」

短くなったタバコを親指と人差し指で摘み、ギリギリまで吸ってから灰皿に投げる。

佐和紀は視線をまっすぐ、男へ向けた。

「手を出されちゃ、困る……から」

「岩下がいるからか」

一瞬で嫉妬を燃え上がらせる本郷の前で、佐和紀は髪を耳にかけ直した。

「違う。周平がどうこうじゃないよ。俺の味方も残しておきたいだけ。本当に困ったら、この身体と引き換えに助けて欲しいから」

裾を戻して立ち上がり、襟を指先で直す。

「さ、さわ……、佐和紀っ」

テーブル越しに袖を掴まれ、動きを止めて振り返った。

「もしもの時は、一番に俺のところへ来いよ。最初にだ。絶対に、悪いようにはしない。な？　わかったな？」

必死だなと嘲《あざけ》るのはやめて、無言で指を掴んだ。袖からはずす。

「本郷さん」

囁くように呼びかける。

「俺ね、旦那のことがものすごく大事なんだ。だから、あいつの足を引っ張るヤツは俺の敵だから。それも忘れないでいてよ」

本郷の顔に一瞬だけ絶望が浮かび、それはあっという間に拭《ぬぐ》い去られた。気のある相手によく見られたいと、この期に及んでも虚勢を張ろうとしている。

「おまえ、何を企《たくら》んでるんだ？」

本郷から尋ねられて、自分のくちびるの前に指を立てる。

「本郷さんだって、結婚してるならわかるだろう？　家の中にも政治はいるんだ。右と左のどっちに傾いてもダメなら、バランスは俺が取る」

バカならバカなりに、初心者なら初心者なりに、無心で挑めばビギナーズラックの糸口が見つけられると信じたい。初めてのこの恋を、本当の意味で手に入れるなら、見つけ出されて愛されて、それだけで幸せだなんて言いたくない。

見つけたのは、佐和紀だって一緒だ。

「おまえらしいな」

本郷がどさりとソファーに座り込む。

「主義を貫いても、それに囚《とら》われるなよ。右だ左だなんてのは、建前だ。それさえわかってれば、おまえにできることだってあるだろう」

「うん」

うなずいて胸を張ると、眩《まぶ》しそうに見上げてきた本郷がタバコを指に挟んだ。残りが入った箱を差し出してくる。

「持っていけ」

「どうも」

受け取って懐にしまう。

「また何かあれば来い。おまえのその膝頭と信頼が、これからの対価だ」

火を点けたタバコをしみじみと吸い、

「岩下は幸せ者だよ……ったく」

ぼやいて煙を吐く。出入り口のドアへ向かった佐和紀は、振り返って笑う。本郷を信じたつもりも、これから頼るつもりもない。でも、言葉で絡めておけば、少なくとも横槍《よこやり》は収まるだろう。

「本郷さん。それが俺にとって一番嬉しい台詞だ。……ありがと」

魂を抜かれ、ポカンと口を開いている中年の男に向かって続ける。

「オヤジによろしく言っておいて。もう少ししたら、ちゃんと会いに行くから」

軽く手を挙げて、そのまま部屋を出た。

平日の夜の、まだ浅い時間だ。高級ホテルのラウンジもまだ人が少ない。カウンターでソフトドリンクを飲んでいる石垣を見つけ、肩を叩いた。

「お待たせ」

「大丈夫ですか」

ずっと落ち着かなかったのか、血走った目で見られて笑いが込み上げる。

「心配しすぎなんだよ。ハゲるぞ。メシでも食いに行こう。焼肉がいいな」

「わかりました」

「あと、シンに連絡して、周平の居所を聞いてくれ」

ラウンジを出てロビーへ向かいながら声をかけると、石垣の顔がぱっと輝いた。

「会いますか」

「会いたいねぇ……」

ぼんやりとしながら首の後ろに手をまわす。

これで、とりあえず、やるべきことはやったと佐和紀は思う。

周平と距離を取り、自分を見つめ直す時間は、やっぱり必要だった。怒濤《どとう》のような一年の総決算は、焼肉を食べてから挑む、旦那との直接対決だ。

「また何か、企んでるんですね」

石垣が残念そうに肩を落とした。

「人聞き悪いな」

「夏と同じ顔してるんですよ。やめてくださいよ。金属バットを持っていくのは」

「心配性だなぁ」

気安く肩に腕をまわす。至近距離で顔を覗き込むと、石垣は表情を硬くした。

ここにも拗ねた子供がいるな、と思いながら、佐和紀は短く刈り込んだ金髪をいたずらに指でいじった。嫌がる素振りで首を振る石垣は、ぶつぶつと文句を言いながらも離れようとはしない。

「佐和紀さん、アニキをどうするつもりなんですか」

「……うん」

問われると答えるのは難しい。

負けたくない、勝ちたい。

惚れさせたい。

そのどれもが真実、心からの望みだ。そしてたったひとつしかない答えに繋《つな》がっていく。

でも、それは周平と分かち合うものだから、その時まで言葉にしたくない。

「……俺のものに、してやろうと思って」

そう言い方を変えて、不思議そうに首を傾げる石垣を解放する。

離れていても、周平のことを考える時、心はいつもせつなく震え、その孤独の奥にある幸福感が愛《いと》しくてたまらなくなる。ただ好きなだけではなんにもならない。周平のために生きるなんてことは単なる理想で、現実的にはどん詰まりだ。

二人でいてもお互いがさびしいなら、寄り添って手を繋いで、それが人生だと開き直りたい。周平を求めて感じる虚《むな》しさが人生のすべてなら、それはたぶん、すごく愛しいものだろう。

他の誰かではもう絶対に埋まらないからだ。

不完全なものほど美しい。それが、佐和紀の愛だ。

繁華街に近い純喫茶の地下階の隅で、英字新聞を読んでいる男の前に座った。

店内は客層に一貫性がない。ホストの身なりをした若い男もいれば、女の子もいる。サラリーマン風も自由業風も珍しくはなかった。

「早かったな」

「歌舞伎《かぶき》町で焼肉を食ってたから」

答えながら、タバコの箱を懐から取り出す。テーブルに灰皿が置かれているから喫煙席だ。

「誰と会ってた」

舎弟たちの好みとは違う銘柄に、三つ揃えを着た周平の反応は早い。

嫉妬させたくて受け取ったタバコじゃない。本郷との間では、ごくありきたりなやりとりだ。それを知らない周平の目にどう映るのか。考えなくてもわかる。

「人と」

答えてタバコをくわえる。周平が、ライターの火を差し出してきた。

「忙しい？」

煙を吐き出すと、周平もタバコに火を点ける。

「暇だよ。帰っても、『やる』ことがないからな」

「じゃあ、一緒だ」

佐和紀が笑いもせずに答えると、入り口で頼んだコーヒーが運ばれてきた。ウェイトレスが伝票を新しいものに差し替える。

砂糖の入った銀の容器を、周平が押し出した。佐和紀はいつものように、砂糖を二さじ入れてミルクを足す。

「暇なら、実家に戻るか？」

周平がそっけなく言った。

煙をくゆらせる指を見て、佐和紀はくちびるの端をかすかに曲げた。機嫌が悪いのは、仲直りに来たはずの佐和紀が見慣れないタバコを吸っているせいだ。

「それを言うなって言っただろ。そんなことよりさ、周平。『右腕』の男はいつ日本に戻ってくる？」

いきなり切り込むと、端整な眉根がかすかに動く。笑っても、苛立《いらだ》っても、周平はキレのある男前だ。

「誰から聞いた」

眼鏡の向こうの瞳が鋭い光を放つ。

「嫁が口出すところじゃない？」

「おまえはこそこそと俺を嗅《か》ぎ回って何してるんだ」

「そっちこそ、俺に監視をつけてる。世話係《あいつら》も信用ならないのか？ それとも、俺か」

「佐和紀、もういい加減にしよう」

伸びてきた指に手首を摑まれる。周平の指はいつもの感触で、温かさが染み込むようだった。

「俺のところへ帰ってこい」

「……他に、どこへ帰るんだよ。オヤジのところへ戻るとでも、本気で思ってんの？ バッカじゃね？」

静かな音楽が流れるフロアには喧騒《けんそう》が満ちている。

隣に座っている若い女の子たちは、風俗関係らしい。仕事の愚痴を語るのに熱中していて、周平と佐和紀の行動には目もくれない。

「どうして怒ってるんだ。理由を話してくれ」

周平が声をひそめた。佐和紀の指に挟んだタバコが燃えていく。

「夜這いしたからじゃないの」

佐和紀はタバコを揉み消した。軽い口調で答える。

「嘘じゃないよ。あぁいうのを『求めてる』ってことにされるのは正直、いい気がしない。身体が感じてるかどうかじゃないだろ」

佐和紀の手首を離した周平が、佐和紀のタバコの箱を自分のものと取り替える。

佐和紀は周平の箱から一本抜いて、自分で火を点けた。

見慣れないタバコの匂いが佐和紀につくことを周平は嫌がっている。その嫉妬が、佐和紀の胸をヒリヒリと痛ませた。

「おまえが言ってる男なら、夏前に一度戻ってくる。……右腕なぁ」

あっさりと手の内を見せた周平は、可笑しそうに笑った。

「それほどいいものじゃないけど、その言い方をするってことは、情報ネタはあいつか」

「右腕なんだろって聞いたら、それは別にいるって言っただけだよ。他は何も言わない。シンが周平を裏切るわけがないんだから」

「何が気になるんだ」

聞かれて、佐和紀は首をひねった。

「本郷に会ってきたんだ」

質問には答えず、いきなりタバコの種明かしをする。

「取引したんじゃないだろうな」

周平はさも不愉快そうに顔を歪めた。

「たまには別の人間の手がよくて？　ないよ、そんなの。おまえに仕込まれたこの身体は、もう安くないいだろ」

うそぶくと、周平は吸いかけのタバコを灰皿で揉み消し、新しい一本を取り出した。

「また信用してないの、周平。あのおっさんたちとの間に、何を疑ってんだよ」

佐和紀がこれみよがしに肩を落とすと、手が伸びてきた。佐和紀はとっさにタバコの火を向け、周平を睨み上げる。

「なし崩しだけは絶対にさせないから」

「もういいだろう……」

「ろくに考えてもないくせに」

考えなしだった自分が、こんなことを言う日が来るとは思ってもみなかった。しかも相手は周平だ。

「考えてるよ。でもいまさら何を言わせたいんだ。一年も暮らしてきて……」

佐和紀に焼かれかけた手で眼鏡を押し上げる周平の目に苛立ちはない。途方に暮れているだけだ。どこか疲れているように見え、佐和紀の心は騒ぐ。

うつむいてタバコを揉み消す。

佐和紀はタバコを半分以上残さない。周平も、フィルターに歯を立てたりはしない。

でも今、佐和紀は長いタバコを消していて、周平のタバコはフィルターに歯形が残っていた。

「俺に守られてることが不満なら、さっさと『男』に戻ればよかったんだ」

「周平」

顔をあげると、あきれ顔の周平が時計を気にした。この後も仕事が入っているのだろう。

「松浦組長に言い出しにくいなら、俺が話をつける。籍を抜いて帰れば、向こうも少しは納得するだろう」

「そんなこと、言ってない」

「じゃあ、言えよ。どうして欲しい」

周平の長い指先がリズミカルにテーブルを叩く。

「……どうして、俺にばっかり言わせようとすんの？」

周平が引き寄せた本郷のタバコへ、苛立ちついでに手を伸ばす。気づいた周平が、箱をテーブルの上から払い落とした。

「何するんだよ！」

椅子に座ったまま身をかがめた佐和紀は、迷いなく箱を踏みつぶす革靴に驚いた。

「フィルター有りが吸いたいなら、俺のを持っていけばいい」

「そういうことじゃ……」

責めるように見ると、周平は鼻で笑った。

イライラしてきて、声が大きくなる。周平が隣席を気にかけたが、佐和紀はそのまま続けた。

「俺はおまえの嫁だよ。他の女とヤリたくなっても、別れてなんかやらないからな」

「じゃあ、帰ってこい」

「ヤらせるためにか、ふざけるな」

いつのまにか、女の子たちは黙り込み、熱心に携帯電話をいじっている。聞き耳を立てられていた。

「あれだけのことをさせておいて、男にお預けを食らわせるとどうなるか、知ってるんだろうな」

周平の言葉に、視線を返す。

佐和紀の脳裏で、夫婦ゲンカのゴングが鳴り響き、『最終決戦』の文字が浮かぶ。

「夜這いするんだろう」

にやっと笑って言い返すと、

「今度はどこで突っ込まれたいんだ」

周平もふざけて笑う。

二人の会話に動揺した女の子の一人が携帯電話を取り落とした。佐和紀の足元まで滑ってきたそれを拾い上げる途中で周平が口を開いた。

「おまえ以上に具合のいい身体は知らない」

「……都合のよく仕込んだ穴なら山ほどあるんだろう。慰めてもらえばいいのに。ね

「え？」

携帯電話を受け取る女の子に同意を求めたが、答えは待たずに振り返る。

「俺に怒られたくないんだろ。怒ったりしないよ、好き勝手にヤられたぐらいで」

テーブルの上に残されたタバコの箱から一本取り出し、フィルターを周平へ向けて置いた。

「怒らないけどさ、いつまでもそんなんじゃ、離婚だ。俺たち夫婦だから、籍を抜いても恋人になんてなれないよ。家族が家族じゃなくなったら、一緒にはいられないだろ？」

タバコの箱を懐に押し込んで席を立つ。

「佐和紀」

もの言いたげに呼ぶ周平の声が低い。次の言葉まで時間はかからなかった。

「……帰ってきてくれ」

声が震えて聞こえたのは、懇願することが頭を下げるようで屈辱的だからじゃない。苦しげに見える眉間《みけん》のシワに、セックスの最中の男臭さを思い出し、佐和紀は身震いをこらえた。

交わる視線で、気持ちは伝わっているとわかった。

佐和紀が何を嫌がり、何を怒っているのか。周平はちゃんと悟っている。だけど解決方法は知らないのだ。

それは、この恋が、『二度目』なんかじゃないから。

周平を傷つけ、この世界へ引きずり落とした、若い頃の恋とは別物だ。同じようだと言われれて、嬉しいはずがない。

「やだ。帰らない」

小声で答えた。

「佐和紀っ！」

周平から恨みがましく呼ばれ、佐和紀は微笑んで見下ろした。

「俺はバカだから、セックスするための夫婦だと言われれば、信じるよ。だから」

立ち上がろうとする周平の肩を手で押さえる。ゆっくりと顔を近づけて耳元に囁いた。

「自分の言葉を、よくよく反省してくださいね。周平さん」

「……くっ」

周平が奥歯を嚙《か》み、声を詰まらせた。

もう二度としないはずだった恋を、自分としてくれたことは嬉しいのだ。でも、終わった恋とは比べられたくない。

だから、怒っているのだ。その傷がセックスで埋められるのなら、いくらでも淫雑な行為の相手をする。だけど、今度こそ失恋しないために愛し合うなんて、佐和紀にはできない。

佐和紀はキスする時と同じ視線で、周平の目の奥を熱っぽく覗き込んだ。

男同士だけど、お互いに恋をしている。それ以上に、自分たちは『夫婦』だ。

夫婦には夫婦の意地の張り合いがあると思う。

惚れた腫《は》れただけの絆《きずな》じゃないから、これが『二度目の恋』だと言わせたくない。生活のしがらみが絡み合う中で、恋なんて淡い言葉は甘すぎる。

恋人である前に、配偶者《パートナー》であることを、認めて欲しいのだ。

「それじゃ」

手が伸びてくる前に身体を離し、女の子たちに向き直った。

「誘われてもついていかないように。所帯持ちは身勝手だからな」

二人のテーブルの伝票を取り上げて、周平のテーブルに置く。店の客の中に紛れている構成員たちに目配せして店を出た。

外で待たせていた石垣が駆け寄ってくる。

立ち止まった佐和紀は、周平のタバコを一本取り出した。葉っぱの匂いを嗅ぐと、思い出すのは煙の匂いじゃなく、首筋の香りだ。

しがみついて顔を伏せる時、佐和紀は夢心地になる。周平の汗の匂いで安心するようにできているのは、たぶん遺伝子レベルの問題だ。

目を閉じて、深呼吸した。久しぶりに肩の力が抜けて、頬の筋肉がゆるんだ。笑いが腹

の底から込み上げてくる。

周平の苦痛に満ちた表情を見た時、心の奥が快感で震えた。

恋に溺《おぼ》れた百の甘い言葉より欲しかったものだ。

年上の余裕もなく、途方に暮れて、周平はただ佐和紀をだけを求めていた。恋や愛ではなく、もっと人間じみたさびしさで。

「戦果は上々みたいですね」

石垣に声をかけられ、佐和紀はその肩を無言で叩いた。舎弟の表情がぱっと明るくなる。

「じゃあ、もう……」

「さぁ、どうかな」

「えぇっ。まだなんですか！　いいじゃないですか」

「それはおまえが決めることじゃないだろ」

「です、けど……。もう仲直りしてくださいよ」

「帰るぞ」

腕を引っ張ると、石垣は名残惜しそうに喫茶店の入り口を振り向いた。

＊＊＊

春先の闇の先に、港の灯りが見える。海に停泊する船の光を眺め、周平はマンションのガラスに肩を預けた。

ワイシャツ越しに冷たさが伝わり、頭もつける。

別居が始まるまでの間、佐和紀もよく窓辺に立っていた。高い塔に閉じ込められた姫君の風情で、嵌《は》め殺しのガラスに寄り添い、少しでも外界を眺めようとしていた。

それが周平の心を乱したのは事実だ。

誰の手も届かない場所に閉じ込めておけば、裏切られることはないと思っていた。快楽は人の心を支配する。だから、絶え間なく繋がり合えば、他の誰もがそうだったように、佐和紀のことも縛れると思い込んでいた。

だけど、佐和紀は逃げ出したのだ。

自由に振舞い、時には甘く誘惑を仕掛け、夜這いにも応える。なのに、謝罪は受けつけず、懇願も拒まれた。

普通なら身勝手な男だと苛立つのかもしれない。佐和紀のわがままにも見えるだろう。でも、周平にはわかる。

　この鳥かごの中で佐和紀を求め、拒むことを許さず、ありとあらゆる服従を強いたのは自分だ。そして佐和紀は耐えていた。

　時に怒り、戸惑い、恥ずかしがりながら。何もかもを受け止め許し続けていた。

　たった一言以外は。

「椅子をお持ちしましょうか」

　岡村の声がして、周平は椅子を窓辺に運ばせた。

「何か、飲まれますか」

「佐和紀にな、『帰らない』って言われたよ」

　椅子に腰かけ、足を組む。岡村が身をかがめたまま、戸惑うように沈黙した。

「お手上げだよ、あいつには。……何を言えば気が済むのか」

「顔が、笑ってますよ」

「うん？」

　ガラスに映る自分の顔を見つめ、頬を手のひらで撫でてみる。

「何を言ったって、気なんか済まないんだよな」

「花は喜んでおられるようですが」

「俺よりも花の方が好きなのかもな」

「そんなこと……アニキ」

言葉を詰まらせる岡村を見上げた。

「佐和紀は、自分の力をよくわかってると思わないか。自分を崇《あが》めてくれる相手を嗅ぎ分ける能力があるよな。弘一さんにしても、本郷にしてもそうだ。あいつに惚れ込んでるのに、手を出すまではいかない。まるで宗教だ」

「男が惚れる『男』なんでしょう。それを嫁にしているんですから、アニキの苦労も報われるんじゃないですか。大切にしてあげてください」

だいそれたことを口にした自覚があるのだろう。目を伏せた岡村が、背筋を伸ばす。

「本心だな、シン。そうじゃなきゃ、おまえがかっさらうか」

「そこまでの男にはなれませんので」

「なれた暁にはライバル宣言でもしてくれよ」

からかいを返し、周平は窓の外を見た。

「あいつはいい男だ。おまえが惚れても無理はない。それとも、俺に止めて欲しいか」

ガラス越しに視線を送る。

「誤解しないでください。惚れてなんていません」

「本当かよ」

周平が笑っても、岡村は表情ひとつ変えなかった。

「佐和紀が何に怒ってると思う」

「俺には……」

「結婚してすぐの頃、あいつが離れを飛び出して、みんなで探し回ったよな。結局、俺が長屋へ迎えに行った。あの時、佐和紀の言うことには全部イエスで答えたんだ。泣く横顔が綺麗で、大切にしてやろうと思ったよ」

「その気持ちはわかってます。姐さんだって、わかってると思います」

「でも、佐和紀が求めてることは、そんなことじゃないんだよ」

岡村を見上げた。

「あいつはこおろぎ組でも大切にされてきた。弘一さんが組を出たのも、俺と結婚させたのも、佐和紀かわいさからやったことだ。松浦組長が戻ってこいと言ったのもそうだ。大切にしてるから、傷つけられたくないと思う」

「はい」

「そういうことに、佐和紀も気づいたんだろう」

「と、いうのは」

「大切なものを、傷つけられたくないんだ。佐和紀も」

周平の言葉を理解できないのか、岡村が顔をしかめる。

「申し訳ありません。それは、アニキを傷つけられたくないってことですか」

「そうなるよな」

周平は肩をすぼめて笑った。

「あの人たちに育てられたからこそ、あいつの愛情はそこに行き着くんだろう。それを理想としてるんだ」

岡村はしばらく考えるように黙り、周平の知らない何かを反芻《はんすう》する表情になった。硬い表情がわずかにゆるみ、隠しきれない吐息がゆるりとこぼれる。

したくもない嫉妬を感じて、周平は目を細めた。

佐和紀の愛情の欠片《かけら》を受けたのだと思うと、蹴りのひとつでもくれてやりたいが、ここはぐっと我慢する。

「大切にされるのは、どんな気分だ。シン」

「は？　え？」

動揺した岡村が後ずさる。

「根性、入れ直しておけよ。いざとなれば、おまえの命ぐらい捨て身で守るからな、佐和紀は。おまえに守って欲しがってるだけの男じゃない」

そう言って、周平は片眉を跳ね上げた。

「俺のためにならそれぐらいする」

「……はい。心します」

下げている頭を軽く叩く。それからぐしゃっと髪をかき混ぜた。

「アニキは」

「うん？」

立ち上がった周平が振り向くと、岡村は視線をさまよわせた。言葉が見つからない顔だ。

「俺は、甘え方を間違ったんだ。だから、あいつはずっと拗ねてる。……でも、いまさら、俺がうまく甘えられると思うか？　十九のガキでもねぇのに」

「……顔、笑ってますけど」

「うるさいなぁ、おまえは。車を出してくれ。山手のマンションに戻る」

ソファーに投げ出したままのジャケットに袖を通した。

周平が口にした言葉は、もう取り消せない。

だからこそ、佐和紀はそれを責めたりしなかった。

あんな恋はもう二度とないと思っていた。それは本心だ。十九歳の自分が溺れたセックス三昧の日々は、本当にたわいもないほどの恋心が始まりだった。

由紀子《ゆきこ》を愛し、すべてを捧げ、その何もかもが犠牲になって、周平は転落したのだ。心についた傷は、セックスをオモチャにしてもふさがらず、女を片っ端からカタにはめても癒《いや》されるはずがなかった。

それが、今までの人生だ。最低に汚れている。

なのに、佐和紀は否定もしない。

セックスに依存する周平を受け入れ、過去を受け流している。それでも、過去と比較されるのだけは耐えられないのだ。

自分が周平の一番でいたいからじゃないだろう。

佐和紀らしいこだわり方だ。

周平が過去と現在を比べる時、何度も繰り返し傷ついていると、佐和紀は知っている。だから、たわいもない夫婦ゲンカの振りをして、二人の間に由紀子がつけた傷は存在しないと、言いたいのに言わないでいる。言葉にすれば目に見えない傷は実在してしまい、そうなれば、取り消すことはできない。

たとえあきらかに真実だとしても、口にしなければ無いのと同じなのだ。そういうことが、この世の中にはごまんとある。

なんでもかんでも口にするのは、秘密を抱えられない人間の弱さと自己満足で、正義じゃない。

「姐さんに会いには行かないんですか」

岡村が声をかけてくる。周平は背を向けたままで、ボタンを留めた。

「明日の夜、離れに帰るよ。あれが俺たちの家だ」

口にすると、胸の奥がぎゅっと締めつけられる。

幸せにしてやりたいと思って、あの雨の日、長屋まで佐和紀を迎えに行った。あれからずっと、佐和紀を迎え入れるのは自分だと信じてきた。

だけど、そうじゃない。

周平からの愛情を疑いもしない佐和紀は、この恋が唯一無二だと理解している。夫婦になって、恋人になり、そして家族になった。

周平の帰るところはひとつだけだ。

ひっそりと忍び込めば夜這いにしかならないのに、どんな真夜中でも、明け方でも、「ただいま」と帰れば、佐和紀は「おかえり」と返すのだろう。

もう周平が迎えに行く必要はない。あの恋のように、身勝手な裏切りに遭うこともない。

あの恋と、佐和紀との恋は、まったく違うものだ。

「そうしてください。タカシとタモツも安心します」

ホッとした岡村の声に、

「おまえも、な」

周平は意地悪く視線を向けた。

岡村と佐和紀がどれほど接近しようと、心配はしていない。

それこそがもう、過去とは違うのだと、周平はあらためて実感した。

＊＊＊

タクシーを待たせて、深夜営業の花屋に飛び込む。

色鮮やかなバラの花の前で足を止めたのは、周平がプレゼントしてくれる定番だからだ。

赤、白、黄色。甘いピンク。硬い蕾に、柔らかく開いた花びら。華やかな姿は目を引く。

「何にしましょうか」

出てきた店員は白髪混じりの中年男性だ。着物姿の佐和紀を見て、愛想のいい表情になった。

「赤いバラを」

と、言った先から気が変わった。

「やっぱり、あの奥にあるフリージアをください」

鮮やかな黄色を指差す。

「何本ぐらいにしましょうか」

問われて、迷わずに答えた。

「あるだけ、全部。茎は長いままでいいです。他には何も入れないでください」

「わかりました」

店員がショーケースの中から花を取り出す。全部といっても、抱えきれないほどあるわけじゃない。バラと比べれば、本数はぐっと少ない。

「プレゼントですか」

手早くラッピングする店員から声をかけられ、花の香りの中で佐和紀は振り向いた。

「……仲直り、するんです」

身の上話をしたいわけじゃない。でも、誰かに言ってみたい気分になった。

店員は嬉しそうな笑顔で、手を動かし続ける。

「花は食べられないし、すぐに枯れるって言う人もいますけど、やっぱりいいですよ。消えるものにお金をかけることの贅沢《ぜいたく》さが最高のプレゼントですからね。まぁ、現金もらうほうがいいと言うような女とは付き合わないことです」

その食べられない花を、一日も欠かさずに贈ってきた相手を思い出し、佐和紀は苦笑いを浮かべた。

白とアイボリーのペーパーで包まれたフリージアに、シャンパンゴールドのリボンが巻かれる。スッキリと細身のロングブーケが出来上がった。

「ケンカしてるんですか」

支払いを済ませると、ブーケを差し出してくる店員が表情を曇らせた。

「いいえ。俺の勝ちだから、そろそろ慰めに行こうと思って」

明るい受け答えに、相手が怯《ひる》む。

「……仲直り、ですよね？」

「はい。ケンカしてたんで……」

「恋人、と」

「ええ、『亭主』と」

ごく普通に切り返して、相手を黙らせる。混乱しているのを見ながら、佐和紀は人の悪い笑みを浮かべた。

そのまま礼を述べて店を出る。待たせていたタクシーで向かう先は、周平のマンションだ。山の手にある、秘密基地の部屋。

流れる街のネオンを眺めながら、佐和紀は息を吸い込んだ。車内にたちこめる花の匂いに、心がすっと落ち着く。

もう限界だった。自分にしては、ずいぶんと粘ったと思う。あの声が欲しくて、ずっと待っていた。

言葉はなんでもよかったのだ。ただ、あの声で懇願されたかった。耳触りのいい愛の言葉じゃない台詞で、自分にはおまえが必要だと教えて欲しかった。

マンションの前でタクシーを降り、着物の裾を直す。帯を指でしごいて、重い花束を肩に担いだ。ただでさえ静かな高級住宅街は、街灯の灯りも穏やかだ。

フリージアの芳香に包まれて佐和紀は歩き出す。

オートロックのエントランスを抜けて、エレベーターに専用キーを差し込む。階層ボタンを押すと静かに運び上げられ、部屋のドアもそっと開いた。

周平の靴の横に草履を並べ、暗いリビングを抜ける。直接、寝室へ向かった。

書類の散乱しているリビングとは違って、寝室は極端に荷物がない。周平の趣味なら、気の利いた家具が並ぶはずなのに、まるでわざと没個性に作られたような部屋だ。

ブーケを肩に担いだ佐和紀は、ベッドの足元に立った。

布団にくるまった周平の寝姿をしばらく眺める。

味気ない部屋と、寝酒のウィスキーと、胎児のポーズ。

肩に担いでいたロングブーケを、佐和紀はベッドの端へ乱暴に投げ置く。セロファンが乾いた音を響かせ、春の匂いが立ちのぼった。

コンタクトレンズをつけた目元を指先で拭い、熱くなった目頭を押さえて肩で息をする。

「周平」

声をかけながら、羽織に袖を通したままで着物の帯を引き抜いた。

求めたものがここにあると、今になって気づく自分のうかつさを笑う。誰にも見せない姿なら、もうずっと前から佐和紀だけのものだった。

この部屋に迎え入れ、この寝姿をさらすことは、心の内を吐き出すようなものだ。だから周平は佐和紀を殴れなくなったし、怒ることもできない。深い愛情はいつも、佐和紀のすぐそばにあった。

嫌われたくないのは周平も同じだと、その事実を冷静に受け止める。

腰紐《こしひも》をほどき、羽織も長着も襦袢《じゅばん》も一緒くたにして脱いだ。衣擦《きぬず》れの音が、せつなく響いて肌が粟立《あわだ》つ。もう興奮し始めている身体を持て余しながら、襟ぐりの広い肌着も脱ぎ捨てる。

ボクサーパンツ一枚になると、空調の行き届いた部屋でもさすがに肌寒い。柔らかな腰紐を一本、拾い上げ、佐和紀は丸くなっている周平の身体にまたがった。

すこやかな寝息は深く、規則的だ。肩を摑んで転がすと、面倒臭そうに腕を払われた。

誰が眠りを邪魔していると思っているのか。その夢の中にさえ嫉妬しそうだ。

苦笑いしながら布団をずらし、周平の手首を探した。

布団を剝がれた周平が小さく唸る。覚醒《かくせい》する前に、両手首をひとまとめにして腰紐を巻いた。

「縛って、どうするつもりだ」

ふいに周平が目を開き、佐和紀は息を呑む。でも、しらばっくれる。

「起きてたのか」

「のしかかられれば嫌でも起きる」

佐和紀だとわかっていて好きにさせたのだろう周平は、自分の手首をまじまじと見て、乾いた息を吐き出した。

「怒ってるみたいだから、機嫌を取りにきた。花も、持ってきた」

言いながら布団を押しのけて、周平の腹の上に馬乗りになる。

「怒ってるのはおまえだ。俺じゃない」

眉をひそめた周平は、投げやりに言って目を閉じた。

「寝かせろ。明日は朝からゴルフ場だ」

軽くあしらわれたが、佐和紀は退《ひ》かなかった。

「喫茶店で顔を見たら、欲しくなった……だけ、だ。別に、許してやろうとは思ってない」

両手で頬を包んでくちびるを近づける。何も答えない周平の下くちびるをついばむと、離れていた数日間の侘《わび》しさが身に募り、触れている充足感で泣きたいほどに心がざわめく。指先で頬をまさぐるように撫でて、くちびるを何度も押しつける。

周平をその気にさせる前に乱れてしまう自分の息づかいのいやらしさに、佐和紀は強く目を閉じた。腰に熱が集まって、下着が窮屈に感じられる。

「やけに上から言うんだな」

冷やかかに笑う周平は不満げだ。

「だって、周平はまだわかってない」

「俺だってエスパーじゃない」

「今までは、そうしてくれた」

拘束した結び目にキスすると、動かない指先が頬をかすめ、佐和紀は猫のように身を寄せる。

「やっぱり、身体だけなんじゃないの？」

ふいにこすれあった下半身が硬い。手を伸ばすと、ガチガチになったものが指先に触れた。

「佐和紀だってそうだろう」

「……誰が、こうしたんだよ」

睨みつけながら、周平のパジャマのボタンをひとつひとつはずしていく。

「夜這いに来たなら、乗って帰れよ」

鼻で笑った周平の乱暴な言い方はわざとだ。気持ちよくなって理性が飛んだ後ならともかく、しょっぱなからの騎乗位が苦手だとわかってて煽《あお》ってくる。

「そうさせてもらう……」

周平の傲岸《ごうがん》さに負けじとあごをそらした。パジャマのボトムを下着ごとずらすと、天を突く勢いのものがそそり立つ。嫌味なぐらい立派な男の象徴だ。長いのに根元から太くて、先端にも存在感がある。

じっくりと眺めるだけで、身体の奥がたまらず疼《うず》いた。肉を掻き分けてねじ込まれる感覚を思い出し、佐和紀は熱っぽく息を吐きながら性器に指を絡めた。

引き締まった腹筋に顔を伏せ、肌を吸い上げる。周平が身をよじると、割れた腹筋が浮き上がり、佐和紀は中央のラインをキスで埋めた。

「気持ちいい？」

胸筋の逞《たくま》しさに手を伸ばして撫で回す。小さな突起を舐めると、感触の繊細さに、佐和紀の舌の方が敏感になってくる。

夢中になりそうなところで、縛ってある周平の腕に拒まれた。

「やめ、……ろ」

「されたことないとは、言わないよな？」

吸いついたままで話す。周平がこの道に入るきっかけは女とのセックスに溺れたことだ。一通りの行為を経験しているなら、自分が止められるのは納得がいかない。

「そこは感じない。笑えるからやめろ」

乳首を責めるのが好きなくせに、性感帯じゃないのは意外だった。腕で激しく抵抗され、佐和紀は不満をあらわにして睨みつける。

「じゃあ、どこ」

「……言うと思ってるのか」

「まぁ、いいや」

手にしている周平の昂《たか》ぶりに気を取られ、佐和紀は乳首への愛撫《あいぶ》をあきらめる。ビクビクと脈打ちながら張り詰める存在感に、心が急《せ》いた。

「すっごい、デカくなってる。周平……」

「……っ」

先端からゆっくりとくわえると、周平が肌を震わせて息を詰めた。佐和紀はさらに舌を這わせて唾液《だえき》を絡める。

薄皮一枚で包まれたような性器は、棒状に硬く、ところどころに浮き出た血管が卑猥《ひわい》だ。それが自分を愉《たの》しませると、佐和紀の身体はもう知っている。

入ってくる時の苦しさも。

内壁をかすめる焦《じ》れったさも。

奥を貫かれると起こる、痺《しび》れも。

すべては周平だけに教えられた。これからも、周平だけに与えられたい快感だ。他の誰かなんて、想像もしたくない。

ボクサーパンツを脱いだ佐和紀は、唾液で濡らした自分の指で奥を探った。すぼまった場所は、吐く息でほどけて、指先を飲み込む。

「んっ……っは……」

自分でいじってみても、気持ちよくなったことがない。指の異物感で、行為を思い出して興奮する程度だ。

「ふっ……ん」

中指でかき混ぜるようにしてから、人差し指を増やして手荒く下準備を施した。呼吸と収縮のタイミングを確かめ、腰にまたがって先端をあてがう。

性急さに驚いたのか、

「佐和紀……っ」

周平が声をあげる。

傷がつくと心配する優しさを無視して、佐和紀は荒い息を繰り返した。

気持ちが急いて止まらず、切っ先へと腰を落とした。ここに来る直前に、自分でジェルを入れて慣らした身体は、まだ内側から潤っている。

でも、壁は狭《せば》まったままだった。先端が入り口を押し広げ、苦しいほどの存在感に肉が掻き分けられる。

「あぁっ……！」

佐和紀は喉元《のどもと》をさらしてのけぞった。背筋にビリビリと快感が走り、先端を飲み込んだ身体は、そこで止まる。

痛みはない。それよりも、待ちわびていた感覚に胸の奥が焦がれ、刺激を欲しがる腰が我慢できずに揺れ始める。

「ふ……っ、はぁっ……ぁ」

内側から押し広げられた腸壁は、柔らかく周平に絡みついた。腰を沈ませることも引き上げることも、恐ろしく気持ちがいい。

感じすぎて苦しいのは、周平も同じなのだろう。かすかに呻き、拘束された手を顔に押し当てて息を弾ませる。

「さわッ……き……」

「あっ……、すごっ……。無理……っ」

いつも以上の太さに佐和紀が身をよじると、中に入っている周平もビクリと揺れる。その刺激にさえもどかしく煽られ、佐和紀はくちびるを噛んだ。逞しい腰に腕をつく。

「あ、あぅ……はぁっ……」

ぬめった内壁をえぐられ、小刻みに身体を揺する。片手で自分の身体を抱きしめ、腕に爪《つめ》を立てながら、快感の波をやり過ごす。

「はぁっ、はぁっ……」

「……動いてやるから。……ほどけよ」

眉根を引き絞った周平がゆっくりと腰を揺らし、佐和紀は髪を振り乱して拒んだ。

「動くなっ……。ダメ、……嫌だ……」

周平の動きに触発された腰が焦れる。一度動けばもう、止めようがなかった。じりじりと熱がうねり、下腹部から膝上にかけて倦怠感《けんたい》が広がる。

「んっ……は、ぁ……あぁっ」

たまらずに腰をくねらせ、できる限りの動きで周平の性器に内壁をすりつける。

「……くっ……、さわ、き……っ！」

大きな動きで周平に突き上げられ、佐和紀の身体が弾む。

「あぁ……っ！」

汗が流れ、目眩《めまい》が何度もして、絶頂のふちに手がかかる。

禁欲だけが貪欲《どんよく》さの原因じゃない。恥ずかしげもなく腰を振り、味わうように肉を締め上げる卑猥さが自分自身を激しく煽る。股間のモノが痛いほど反り返り、慰めるように先端を撫でた。

「……エロすぎ、だろ……」

周平の息が乱れていることに、佐和紀はまた大きく身を震わせる。愛する男を支配している実感で、胸が苦しいほどだ。

「ほどいてくれ、佐和紀」

降参を宣言した周平が、あごをそらして快感をやり過ごす。こんなに感じているのを、マジマジと眺めるのは初めてだった。

「……この体勢じゃ、動きが見えない」

奥歯を噛みしめた周平が、低い声で唸るように言う。

「見なくていい……。顔を見てて……。俺が中で抜いて、あげるから」

見つめたまま告げると、周平がまた息を詰めた。

「もう、イかせてくれ」

たまらないように訴えてくる顔が、こらえきれないように凛々《りり》しく歪んだ。その表情が佐和紀の目を潤ませる。

腰をできる限りゆっくりと引き上げてから沈ませ、自分の指で胸の突起を摘んだ。弄《もてあそ》ぶとせつなさが湧《わ》き起こる。

周平が押し広げている内壁もきゅうきゅうとすぼまった。

「んっ、ん……」

自分の乳首を痛いほどつねって、いやらしくこね回す。周平の責めを思い浮かべるだけで、腰が勝手に揺れてしまう。

「あ、いいっ……。周平、こすれて……気持ちいい……っ」

本当は周平に動いて欲しい。正常位で抱きしめられながら、強いストロークで壊れそうなほど突き上げられたい。

そう思いながら、佐和紀は淫《みだ》らに腰をうごめかす。

「周平、……好きだ。好き……周平っ。……好き」

性器が佐和紀の内壁を叩いて跳ねるたび、周平の精悍《せいかん》な眉がひくりと動く。こすれて気持ちよくなるのは、入れている方も同じだ。

「もう……、出すぞ……」

「あっ、あっ……。はぁッ。だめっ……いく……っ」

右手で屹立《きつりつ》をしごきながら、佐和紀は乳首を指に挟んで薄い胸の肉を掴んだ。

「……出してっ。……奥、にっ……」

腰の上に座り込んで、のけぞりながら尻を押しつける。やっと射精できる解放感に声をあげた周平が、腹筋を引きつらせて震えた。

「あ、あぁ……っ！　周平……っ、ん、んんっ！」

射精するのとは違うアナルの快感に飲まれ、佐和紀の身体はひくひくと震えた。波はなかなか引かず、視界がまた滲《にじ》む。涙がこぼれて頬を伝った。

それを拭うことも忘れ、佐和紀はくちびるを噛んだ。放ちたい欲求を訴える自身を強く掴み、おもむろに腰を引き上げた。身体が重だるく、自分の思い通りに動かない。

「ぁ……はっ……」

這うようにして壁に手のひらを叩きつけ、身体を支えながらくちびるを噛む。拘束した

周平の手を膝で押さえ、腰をぶるっと震わせた。

見下ろした先で、白濁した精液が飛び散る。

「佐和紀……、おまえ……」

周平の声が震えているのは、こらえにこらえた射精が叶ったからじゃない。声に滲む驚きを無視して、周平の胸に片膝を乗りあげたまま、

「……顔射、されたことある……？」

ぼそりと声を出した。

周平のくちびるが唖然《あぜん》と開く。嘘の上手な口元に、佐和紀は濡れた先端を押しつけた。

男の股間に這いつくばるような男じゃない。それなら、質問の答えだって明白だ。

くちびるから鼻筋を越え、凛々しい眉にまで飛んでいる精液を眺めながら、

「きれいにして？　……旦那さん……」

佐和紀は静かに微笑んだ。誰かを支配する喜びが身の内に溢《あふ》れ、それが周平だということに幸福感を覚える。

身体の中に出された大量の精液が流れ出て、膝立ちになった佐和紀の内太ももを伝い落ちた。

濃厚な情事の残り香が、どちらの匂いなのか、わからない。

佐和紀は吐息を漏らして目を細めた。

夜中に目が覚めて、トイレに立つ。佐和紀は用を足しながら、吐精を顔に受けた周平のことをぼんやりと思い出した。背筋がぶるっと震える。

精液を飲まれたことならあるが、顔にかけたことは初めてだ。

周平はよほど気を抜かれたらしく、佐和紀の頼むままに、萎《な》えていく性器を舐めた。仕返しらしいことはされず、シャワーを浴びに行った時も、キスをして触り合っただけだ。それも射精までは至らず、そのまま二人で布団へ入った。

大の字に身体を解放した周平は深い眠りの中だ。鼻をそっと摘んでも反応がない。

隣に潜り込んだ佐和紀は、その腕の中には戻らなかった。ゆっくりと周平の首の下に腕を差し込み、身体をじりじり寄せていく。

「ん……」

周平が、薄く目を開いた。

「起こした？　ごめん。……寝づらいなら、離すけど」

無言で首を振った周平の片腕が、佐和紀の身体にまわる。しがみつくような体勢のまま、周平はまた眠りに落ちる。その頭部を、佐和紀は壊れものを抱くように引き寄せた。

髪が顔に触れ、シャンプーの香りがする。

わけもなく涙が込み上げてきて、佐和紀は鼻をすすりあげた。ずっと、こうしたかったと、腕の中の体温に気づかされる。

自分を押し殺した部屋と、睡眠薬代わりのウィスキー。

そして、殻に閉じこもるような胎児のポーズ。

過去の傷を胸に秘め、今でも傷み続ける周平を守りたいと思う。

「周平。これが俺たちの、最初の恋だろ」

そうつぶやいて、髪を撫でる。

ケンカを吹っかけたのは、周平が抱いている喪失の怖さがまやかしだと知って欲しかったからだ。怒っていても、拗ねていても、たとえ拒んでも、佐和紀は周平の手を離したりはしない。

信頼を裏切ることも、絶対にしない。

佐和紀の胸に頬を寄せる周平は、半覚醒の中にいるのだろう。寝息が静かすぎる。

だから、いたずらにくちびるで髪を食《は》んだ。周平の手が佐和紀の背中を叩く。

「……周平。俺が、ゆっくり眠らせてやる。これからも、ずっと」

囁いて、目を閉じる。

周平の指が、佐和紀の背中をかすかに掻いた。

「ただいま」

囁き声が聞こえ、周平の髪に鼻先をうずめた。

「おかえり」

答えた声が震えてしまう。

勝つとか負けるとか、対等でいるとか。そんなことは単なる言葉だ。自分たちのことも欺く、『言葉』でしかない。

でも、きっとそんなものが世の中のすべてで、真実はいつも行動の中にしかない。

佐和紀が女のように抱かれ、何もかもをさらけ出すように、周平が佐和紀の胸に抱かれ、見栄も虚勢も手放し、ただの人になって眠る夜があってもいい。

夫婦という家族の日常の中で、きっとそれはごくありふれたねぎらいだ。

頭を撫でて、髪にキスを繰り返す。

やがて繰り返される温かな息づかいを胸に受け、佐和紀もいつのまにか深い眠りに落ちていた。

7

「で。おまえたちのケンカはいったい、なんだったんだ」

中華料理屋の個室で、岡崎が食前酒を飲みながら視線を巡らせる。

丸テーブルに座っているのは佐和紀と周平。あとは誰も部屋にいない。

「たわいもない痴話ゲンカです」

佐和紀が答えると、岡崎は長い長い息を吐き出した。

「終わったんだな?」

「はい。終わりました」

周平が答える。

「おまえの負けらしいな」

「完敗ですけど……、いいじゃないですか。そんなこと。夫婦間の問題ですよ」

「いやいや、そこが外野にはおもしろいところだろう。歌舞伎町のそばの喫茶店で、土下座させられたって?」

「させてません!」

佐和紀が叫んだ。

「今日は、そんなことで呼び出したわけじゃないから！」

いつもの口調で睨みつけると、周平があきれたように肩をすくめた。

「弘一さんに、お願いがありまして……」

「なんだ。色っぽい話しか聞きたくねぇぞ」

「じゃあ、最近の妊娠騒ぎの話でも」

「周平っ！　どうしてお前が知ってるんだ！」

なんだかんだとお盛んらしい岡崎がテーブルをバンッと叩く。

「知られてないと思う方がどうかしてますよ。京子さんから言われて、話をつけに行ったのは俺です。補佐になってまで、兄貴分の尻拭いをさせられるなんて、因果な仕事ですよね」

「……周平」

咎めたのは、佐和紀だ。

「余計なこと言って、話をやりにくくするなよ。頼みってのは、オヤジのことで。正式に謝りたいから、席を設けてくれないかな……。立ち会ってくれなくても、俺がちゃんと話すから」

「話せるのか、おまえ」

岡崎が真剣な顔になる。

「俺も別室で待機して、話がつけば頭を下げます」

周平が言うと、今度は驚いたように目をしばたかせた。

「どうするつもりだ。佐和紀をどうする」

「周平がどうするか、じゃないから」

佐和紀はぴしゃりと言った。

「俺がどうしたいか、オヤジにもちゃんと話す。それを、今日はあんたにも聞いて欲しくて……。俺はカタギにはならない。なんの役にも立たない人間だと、自分のことを悪く思うのもやめる」

佐和紀は両膝の上で拳を握った。黙って見つめてくる周平の視線を感じながら、静かに聞いている岡崎を見据えた。

「何も急ぐつもりはない……。やれることを、やれる場所でやるだけだ」

「周平が、組を出たらどうする」

「……残る」

「それでいいのか」

岡崎が周平に向かって声をかける。

「今はそれがいいと思います。すぐに組を出るつもりはありませんし、弘一さんが組長に就任するまでに佐和紀の足固めはできると思います。それについては、京子さんを交えて、あらためて話したいと思います」

「あいつの好きにさせるつもりか」

「佐和紀は、それほど簡単じゃないでしょう」

「……京子はエグいぞ、佐和紀」

「俺を独り立ちできるぐらいに鍛えてくれるなら、それでいい。いまさら遅くても何かやらなきゃ」

「素直についていけばいいものを……」

ため息をつく岡崎の目は、それでもどこか嬉しげに笑っている。

「俺が抜けた穴は、佐和紀がカバーすると思いますよ」

「そりゃ、おまえの経済力を背負《しょ》ってんだから、恐いものなしだろ」

「俺だって、ちゃんとシノぐよ」

「美人局《つつもたせ》はするなよ」

二人の声がぴたりと重なり合い、佐和紀はぐったりと肩を落とした。

「しないよ、しない。しなけりゃいいんだろ！」

投げやりに言ったが、周平と岡崎は満足げにうなずく。佐和紀はそっぽを向いた。

「すぐにでもオヤジと連絡を取って、時間を作ってもらう。おまえがしおらしくしてれば、あっちから折れてくるから。心配するな」

岡崎がテーブルのビール瓶を取って周平に向けた。

「まぁ、なんだかめでたいから、乾杯でもするか。佐和紀。いつまでもふくれっ面してるな。ガキか、おまえは」

「どうせ！　ガキだよ！」

「……あんまりかわいい顔をして見せるなよ。もったいないだろう」

ニヤニヤ笑っている周平を睨みつけたが、意味がないとすぐに気づいた。

くだらない兄弟ケンカのとばっちりを避け、黙って視線をそらした。

＊＊＊

中庭では早咲きの桜が満開になっていた。小さな花びらがひらひらと舞い落ちていく。

閑静な住宅街の一画にある高級料亭の和室で、佐和紀は座布団を前にして両手をついた。

胸が詰まって言葉が出ない。なかなか姿勢を元に戻せなかった。

目の前に座った松浦は、押し黙って何も言わない。

二人だけの部屋で沈黙が重なり合い、佐和紀はさらに深く頭を下げた。もう見限ったと言われれば、それだけのことだ。

「……俺の、着物だな」

ぽつりと、松浦が言った。

式辞用のスーツを着ようとした佐和紀に、この着物を勧めてきたのは周平だ。嫁入りの時に松浦から譲り受けた深緑色の一枚は、絡み合う二匹の龍《りゅう》が金と銀の糸で裾に刺繍《ししゅう》されている。初夜の翌日にも袖を通した、思い入れのある着物だった。

羽織には江戸小紋の紺色を選んだ。気持ちは礼装をまとっている時と何も変わらない。

「顔をあげてみろ、佐和紀」

低い声に促され、素直に身体を起こす。背筋を正して、膝に手を置いた。

顔に刻まれたしわが深く、松浦は実年齢よりも老けて見える。その目は威厳を保とうとしながら、肝心の鋭さに欠けていた。

「回りくどいのは性に合わない。盃を返すつもりなのか」

はっきりと切り込まれて佐和紀は戸惑い、

「松浦組長が、そうおっしゃるなら……」

柄にもない他人行儀で返す。松浦はふっと息を吐き出した。

「返せと言えば、返すか」

沈んだ表情にはあきらめと覚悟があり、佐和紀は慌てて身を乗り出した。

「返したくないっ……！」

勢いよく訴える。絶縁を決定的にしたくて頼んだ席じゃない。正反対だ。

「すみませんでした」

額を畳にすりつけ、声を張りあげる。

「俺が、思い上がってました！　でも、それでも、本当にすみません……っ」

喉で息が詰まり、佐和紀は声を震わせる。周平や岡崎の同席を断ったのは、もう一度、二人だけで話をしたかったからだ。以前のようなケンカになるとは思わなかった。

「組には戻らないんだな」

久しぶりに聞く松浦の声はしわがれ、一年前からこうだったと思い出す。佐和紀はうなだれた。

「……許して、ください」

「戻れるんだぞ」

「はい……」

「どうするつもりだ。このまま、あの男のそばにいて、おまえに何ができる」

松浦の声は落胆したように静かだった。問いかけられて、佐和紀は畳の目を指で掻いた。

胸の奥が痛くなる。

「おまえもいつかは年を取って、そんな美貌《びぼう》じゃいられなくなる。その時になって……」

言い淀《よど》んだ松浦が、テーブルの上の茶碗を掴み上げた。一口飲んで、元に戻す。

「その時になって。……戻ってくると言うなら、俺はそれでもいい」

思いもしない言葉だった。あっけにとられて顔をあげると、松浦は吐き捨てるように言った。

「俺はおまえの親だ。行き場のない子供を追い出すような真似はしない。その時は迷わず帰ってこい。俺が死んでいても誰かがどうにかしてくれる」

「オヤジ……」

慣れた呼び名を口にすると、松浦は苦しげに顔を歪めてうつむいた。

「カタギにすれば幸せになれるなんてのは、俺が見た遠い夢だ。おまえに押しつけて悪かった」

「俺が、俺がバカだから。いらない心配をさせたんだ」

「いるかいらないかは、俺が決めるんだ。バカやろう」

いつもの口調で毒づき、松浦は窓の外へ目を向ける。

「さっき、どうして謝った」

「それ、は」

言うべきことが、まだある。佐和紀はうつむき、しばらく考えてから覚悟を決めた。顔をあげて、着物の襟を指でなぞり、帯をしごく。

周平の顔が、こんな時にも脳裏をよぎった。

「俺は、ずっと、死ぬ場所を探してた、と思います。一番、男らしく死ねる瞬間を。……それはオヤジのためだと思ってきた。でも」

松浦が振り向く。その目の穏やかさに、佐和紀は顔を伏せた。

涙がこらえきれずにこぼれ落ちる。親同然の優しさに、自分がどれだけ甘え、そして守られて生きてきたのかを思い出す。

「周平と生きていきたい。年を取ったらってオヤジは言うけど、あいつはそういう男じゃない」

「どうして、そう言えるんだ」

問いかけは先を促すだけの相づちだ。佐和紀は腕で涙を拭った。

「……俺が、惚れたから」

松浦が急に視線をそらす。

また怒らせることになるのかと佐和紀は身構えたが、返ってくる言葉は違っていた。

「そうか。おまえが惚れたから、問題ないのか……」

長く尾を引くため息は、安堵《あんど》のそれだ。

「初めて恋をしたおまえがな、傷つくのを、本当に見たくなかった。惚れれば惚れるほど、捨てられる時の傷は大きくなる。悪かったな。佐和紀」

「オヤジ」

「あいつのために死なないのか」

松浦はぼそりと言う。佐和紀は、視線を追いかけた。

「うん……。たぶんね。あいつが俺のために死んでも、俺は生きると思う。それを望んでる男だし、生き続ける俺が死ぬなと言えば、地獄の底からでも帰ってくるんじゃないかな……」

「鬼の岩下も、嫁の前じゃ一人の男か」

ぼんやりと言った松浦に、佐和紀は静かにうなずいた。

「俺の前でぐらいは、せめて、一人の男でいさせてやりたいんだ。組のシノギとは違う、自分の夢があると思うし。そういうのは持ってて欲しいから。それに、男が外で働くのは疲れるだろ。自分に戻る瞬間って大事なんじゃないかと思って」

「おまえの夢はなんだ？　支えてやることか」

「違うよ」

答えながら首を振ると、視線がぶつかった。佐和紀は穏やかな気持ちで受け止めて胸を張る。

「俺の夢は、別にちゃんとある。二人でいても、俺たちは別に、ひとつじゃないから。俺は自分の足で立つよ。だから、自分の夢のために利用できるものは、周平のものだろうと利用する」

「……変わったな」

松浦の目尻にしわが寄る。楽しい時の顔だと知っている佐和紀は、心からホッとして膝の上の拳を解いた。

「佐和紀。岩下も一緒だろう。呼んできてくれ」

「……いいけど」

何を言い出すのかと危ぶむ佐和紀に、松浦が表情を引き締めた。早くしろと鋭く命じてくる。

佐和紀はすぐに立ち上がって部屋を出た。

周平が岡崎と待っている別室へ行くと、

「ケンカにならずに済んだみたいだな」

岡崎に笑われる。

周平は緊張感を微塵も感じさせずに席を立ち、片手でスーツのボタンを留めた。きっちりと締められているネクタイを、それでも直しに近づいたのは不安が晴れないからだ。

「殴られるかも……」

ぼそりと言うと、周平の手がそっと耳たぶに触れてきた。

「殴られるぐらいなら慣れてる。そこの男も好きなようにしただろう？」

親指を向けられた岡崎はニヤニヤして、

「殴られるようなことをしたんだよ、おまえが」

軽口を叩く。それから追い出すように急かしてきた。

二人で部屋を出て、無言で廊下を歩き、松浦の待つ部屋の前で止まる。周平の手にぎゅっと指を握られ、大きく息を吸い込んで胸を張った。

声をかけて戸を開ける。タバコを吸っていた松浦は、灰皿で揉み消しながら居住まいを正した。

「どうぞ。若頭補佐。遠慮なく……」

年齢は松浦の方がずっと上だが、組織図の中では大滝組の若頭補佐である周平の方が上位に位置している。

上座について申し訳ないとへりくだった松浦に向かって、周平は座布団の前で正座した。膝に手を置き、静かに頭を下げる。

入り口のそばに座った佐和紀も、同じように一礼した。

「この場で、肩書きは必要ないと思います」

スーツの襟につけた金バッジをはずし、周平は大滝組の幹部である証明をテーブルの上へ置いた。

「ただの岩下周平として聞いていただきたいお話があります」

淀みなく話す周平の背中を、佐和紀は驚きを持って見つめた。

「その前に、松浦さんからのお話を伺いたいと思いますが、いかがでしょうか」

「あ、あぁ。こちらからは今後の話ですよ……。さっき、そこにいる佐和紀と話をして、好きにさせることに決めました」

「はい」

「ただ、あんたの気持ちというものを聞いておきたい。岡崎からは二人が惚れ合って結婚するんだと言われていたんでね。それが実際は違ったっていうのに、佐和紀はすっかり惚れこんでしまっているし、正直、騙されたと思ったんですよ。それが岡崎でなく、あんたにだと思ったのは、身内びいきだ。申し訳ない」

「いえ、いいんです」

周平の背筋は、今日もぴんと伸びている。ぴったりに仕立てられた後ろ身頃は、流れるようなラインで身に添っていた。

「保身のためだけに結婚したことは事実です。松浦さんと病室でお話しした時にも、会話がすれ違っていると感じていたんですが、まさか根本的な誤解をされているとは思いませんでした」

「……岡崎が余計なことをして悪かった。これは私から謝らせてもらいたい。すべては佐和紀かわいさでしたことだ。それが佐和紀にとって幸せでなくても、不幸ではないのだからいいだろうと目をつぶったのは、親心を取り違えた私の浅はかさだ」

「松浦さん」

周平が遮ったが、松浦はやめなかった。

「聞いておいて欲しい。佐和紀にもだ。……岩下さん、佐和紀は単純で気が短いバカだ。でも、誰よりも居場所を求めている。それを与えてやりたかったんです。できれば、この社会ではないところで。……でも、それは間違ってたんですな。佐和紀にここが居場所だと教えたのは自分なのに、それを奪おうとしていた」

「佐和紀のことを考えて、それが正しいとお思いになったんですから」

「老いぼれた嫉妬だよ。会うたびにいきいきとしていく佐和紀が……、遠いところへ行くようで。もう一度、そばに呼び戻したかった。俺がさせた苦労を、今なら償えると思ったんだが、それも間違っていたようだ」

「……オヤジ」

目元を手のひらで覆った松浦の仕草がたまらず、佐和紀は伸び上がるようにして声をかけた。

「おまえに身体を売らせるようなことをして悪かった。それでも、おまえは逃げ出して、岡崎を頼るだろうと思っていたんだ」

「岡崎と一緒になった方がよかった……？」

佐和紀の問いかけに、周平が振り向く。聞くなと視線で止められたが、はっきりさせたい気持ちを我慢できない。

「今でも、本当は、そう思ってる?」

「いいや」

松浦は顔を隠したまま首を振った。

「おまえはもう自分の道を選んだんだ。それを止める権利はない。もしも岡崎とそういう関係になっても、おまえはさっさと飛び出す。俺はそう思っていたんだろうな。そうしたらカタギになって、一緒にたい焼きでも売って暮らせばいいと……」

「そう言えばよかったのに」

佐和紀がつぶやくと、松浦のこめかみが一瞬、引きつる。

「言っただろう。何十回も言ったぞ。それをことごとく『金がない』の一言で切って捨てたのは、おまえだ」

「あぁ……。でも、あの時は本当に金がなかったし。……すみませんでした」

おとなしく頭を下げる。松浦はふんっと鼻を鳴らして胸をそらした。

「岩下さん、佐和紀はこういうバカです。それでも手元に置かれるつもりですか。顔は老いますよ。身体も女とは違う。子供も作れません」

畳みかけるような松浦の言葉を、周平はみじろぎもせずに受け止めている。

「手に入れた居場所を失うことがあれば、佐和紀は泣くでしょう。親として、この子が泣く姿は見たくない。どうですか、岩下さん」

「……こちらからのお話をさせていただきます」

質問に答える代わりに、周平は膝に手を置いてあごを引く。低く甘い声が座敷に響いた。

「私が女衒《ぜげん》以下の仕事をしていたのは事実ですが、今は舎弟から相談を受けるだけになっています。シノギの内容は詳しく話せませんので、察していただきたいのですが……」

「そうですな」

企業秘密はあって当然だと、松浦はうなずく。

「周りから聞いておられる噂についても、こちらから訂正を加えることは何もありません。言い訳が通用するほど、いい人間ではありませんから……。佐和紀にふさわしいと、松浦さんから思ってもらえる男でもないでしょう」

「なら、どうするつもりで……」

この期に及んで何を言い出すのかと、松浦が落ち着きをなくす。佐和紀と話をした後だから、なおさらだろう。

でも、佐和紀に不安はなかった。周平の背中に滲む強い決意を、ただ見守るだけだ。

短い息を吸い込んだ周平の肩が上がる。両手を畳につき、背をかがめた次の瞬間、

「佐和紀さんを、私にください」

額をすりつけるように頭を下げた。

いさぎよい一言に気を抜かれたのは、佐和紀と松浦だ。何が起こったのか理解できずに顔を見合わせ、二人同時に周平へ視線を戻す。

「……あんたは今、自分はふさわしくないと、言ったばかりじゃないか……」

勢いに呑まれた松浦が声を震わせ、やっとのことで口にする。周平はなんの動揺もなく、はっきりと答えた。

「必要なんです」

声に力があり、佐和紀は背後に控えたまま目を伏せた。初めて聞く周平の本音が、こんな時だとは思いもしなかった。

「裏道しか歩けないヤクザな身ですから、一緒にいることが必ずしも幸せだとは言えません。でも、私には佐和紀が必要なんです。……身勝手に思われるでしょうが、佐和紀と家族でありたいと思っています」

「……佐和紀でなければダメですか。惚れた腫れたは、一時《いっとき》のことだと、岩下さんならわかっているはずだ。こいつでなければいけない理由はなんですか。顔なら……」

松浦も混乱しているのだろう。責めるような口調になったことを後悔するように眉をひそめた。

周平は静かに首を振る。

「松浦さん。『男』が『男』に惚れるのは、恋と似ていて非なるものじゃないですか。俺にとっては、佐和紀が初めてで、もう後はありません」

自分のことを『俺』と言った周平の声は真剣で、松浦はゆるゆると息を吐き出しながら、静かに両肩を落とした。

「……男惚れ、か。そうか……」

まるで肩の荷を降ろしたように、松浦の顔は晴れ晴れとしている。

「あんたの勝ちだな。岩下さん。口八丁手八丁の人間は山ほど見てきたが、色事師で鳴らしたあんたが、その手で来るとは参った」

笑いながら佐和紀を見た松浦が、こっちへ来いと手招く。うつむいたまま、周平に並んだ。

「この世界には、不幸にしたくないからと子供を作らない人間が山といる……。俺もそうだ。そんなことよりもなぁ、佐和紀」

呼ばれて視線を向けた。泣き出しそうになって、くちびるを噛む。

「この人が何を言ったか、おまえはわかってるか？　顔や身体がいいからじゃない。おまえの男気に惚れたって、そう言ってるんだよ。だから欲しいと言ってくれてるんだ。わかるか」

もう説明して欲しくなかった。これ以上は、わかりすぎてしまう。

「親子の盃も兄弟の盃も、元々は、擬似家族を作るために交わしてきたんだからなぁ……。

そこに夫婦の歪が混じっても、いいのかもしれないな。岩下さん、やっぱり最後にひとつ、聞かせて欲しい。佐和紀のどこを気に入りました。顔でも身体でもないなら、この男のどこを」

男気に惚れたと言っているのだから、もう聞くなと思ったが、浮かれているらしい松浦と、その相手をしている周平は気にもかけない。二人に挟まれていたたまれないのは、まな板に上げられた佐和紀だけだ。

「気風《きっぷ》のよさです」

周平は聞かれるままに口を開く。

「自分の選んだものを後悔しない潔さも、傷を傷とも思わない強さも……。あとは、優しいので」

「そうだな。佐和紀は気風がよくて優しい……」

松浦がコクコクと首を縦に振る。佐和紀は膝の上で拳を握り、込み上げる恥ずかしさを耐えた。頬が火照《ほて》って、嫌な汗が吹き出してくる。

「岩下さん。私の方からも頼みます。あんたがどんな人間でもいい。佐和紀に男惚れしたと言うのなら、どうぞ、あんたに惚れた、この佐和紀を、一人前の男にしてやってください」

動く気配がして、視線を向ける。座布団から下りた松浦が深々と頭を下げた。

「末永く、よろしくお願いします」

松浦の声を聞いて、

「お引き受けします」

周平も深く頭を下げる。佐和紀も慌てて、身をかがめた。

「岡崎を、二人で呼んできてくれ。それから、酒の用意だ。披露宴には出られなかったからな。ここであらためて、祝いをさせてもらいたい」

「わかりました。すぐに」

答えた周平と立ち上がる。部屋を出る直前、佐和紀は鼻をすすりながら振り返った。

「周平のこと、殴らないの」

あぐらをかいて座り直した松浦は背中を向けている。

「おまえが惚れてる男を殴ったりはしない。おまえの大切なものなんだろう。行け。早く呼んでこい」

声はもう泣いていた。周平に腕を引かれ、佐和紀は部屋を連れ出される。

眼鏡をはずされ、抱き寄せられても拒まなかった。

血の繋がりはない。でも、やっぱり松浦は、佐和紀にとって正真正銘の『親』だ。その人に周平を認めてもらえたことが身震いするほど嬉しくて、静かな廊下で周平の身体に腕をまわした。

「泣くな」

そう言われても無理だ。涙が溢れて止まらなくなる。

「……あんまりかわいいとキスするぞ……。ほら、鼻水をつけるなよ」

笑った周平に肩を抱き寄せられて歩き出す。

別室では岡崎が、動物園の檻《おり》の中の熊のように、うろうろしながら待っていた。

＊＊＊

青空が広がる春の陽気の下で、佐和紀は線香に火を点ける。

周平と二人で磨いた墓石は艶《つや》めいていた。タバコケースを取り出して、ショートピースにも火を点ける。墓の中で眠る聡子《さとこ》も、このタバコが好きだった。

松浦の愛妻は、口うるさくて優しく、烈火の如《ごと》く怒りながら、次の瞬間には笑っているような女で、佐和紀にとっては第二の母親のような存在だ。数年しか一緒に暮らさなかったが、与えられた影響は大きい。

隣にしゃがむ周平と顔を見合わせてから、二人で墓石を拝んだ。声には出さずに周平を紹介する。

「もし生きていたら、なんて言うだろうな。俺みたいな男で」

向かいの墓の外柵に腰かけて、周平がタバコに火を点ける。佐和紀は墓石に手向けたショートピースをくわえながら隣へ座った。

「まず怒る。それからあきれて、また怒って……泣く、かな」

「それはいい結果なのか？」

苦笑する周平の声に、佐和紀は煙を吸い込んで笑い返した。

「聡子さんが泣くなんて、めったにないよ。今の俺を見たら、喜んでくれると思う」

「おまえの母親もそうだろうな」

佐和紀の母と祖母の墓はない。遺骨は無縁仏を弔う寺に預けてあり、周平の願いで線香をあげるため、数日前に足を運んだ。棚上げになっている佐和紀の両親のことは、そこであらためて話し合い、探さないと決めた。情報が足りないことも要因のひとつだし、佐和紀もいまさら無理をしてまで知りたいとは思わない。

人生に必要のあることなら、どこかで何かを思い出す日も来る。その程度のことだ。

「いい天気だな」

周平が静かに息を吐き出した。煙が空へと立ちのぼる。

「去年の今頃は、新婚旅行してたんだな」

ぼんやりと左手を目の前にかざして、佐和紀はダイヤの指輪を眺める。

「今年は夏にでも、旅行するか。……飛行機に乗って」

飛行機に乗ったことがないと知っていて、わざと声を低くする周平に肩をぶつけて睨みつける。

「俺は汽車が好きです」

「せめて電車って言えよ」

「ハイカラ……」

ふざけて流し目を送り、タバコをふかす。

「じゃあ、寝台で北海道ならどうだ。先頭車両のパノラマで……な」

「何をするつもりだよ、何を」

「めくるめく、列車の旅を」

色っぽく笑う周平に、佐和紀の肩から力が抜ける。いやらしいことばかり考えるのは、周平の癖のようなものだ。それを怒ったり、嫌がったり、時には恥ずかしがったりしている自分は、こういうやりとりを愉しんでいる。

「どんどんエスカレートするの、やめろよ。人に見られたって、興奮しない」

「見られてるかもしれないと思うから、興奮するんだよ」

「俺はお行儀よく、密室のお布団の上が好きだな」

言いながら、身体をひねって周平に向き直る。軽く曲げた指で首筋に触れながら寄り添う。

「……あの時の台詞、思い出すだけで燃えるけどなぁ」

松浦に対して、佐和紀をくれと言った時のことだ。事実、あの夜は濃厚だった。

「エロい顔……」

周平の片手に頬を包まれ、眼鏡が当たらないようにくちびるを寄せる。タバコの味で痺れた舌に、相手の生温さは心地いい。

「んっ……ふ」

こんなところでキスをするなんて、聡子に見られているようで身体が緊張する。不安が生まれ、薄暗い欲情を呼び覚ます。

「そういえばな、佐和紀」

くちびるを軽く触れ合わせたまま周平が言う。目を開けると、くちびるが離れ、佐和紀は名残惜しさで指先のそばにある耳たぶを摘んだ。

「達川組と遠野組のあたりが、おまえを表に出せと言い始めてる」

「なに、それ」

「きれいなご新造《しんぞ》さんを奥に隠すなって話だな……。女じゃないんだから、なおさらだそうだ。……放っておいても、おまえは一人でなんでもやってしまうんだから、かわいげがないな」

わざとらしく、息をつく。

「意味がわからないんだけど」

「おまえの御贔屓筋《ごひいきすじ》ができたってことだ。幹部会での承認なんて面倒なことをしなくても、あっちが勝手に動いて引きずり出そうとしてくるだろう」

「なんのために？」

「おまえを眺めるため、だな」

「ふぅん」

抱き寄せられたまま、周平の耳たぶをいじって、気のない声を出す。各組がおもしろがっているだけなのか、何かに利用しようとしているのか。それはまだ周平にもわからないのだろう。

「俺が噛んだ方がよければ、そう言えよ。好きにやってみたければ、それもいい。ただし、組同士の関係については、石垣あたりから話を聞いておけ」

「考えてみるけど、遠野組はやっぱり能見の関係で？」

「武闘派が売りだからな。組をつぶされたくないんだろう」

冗談を言って笑う周平の顔が眩しく思えて、佐和紀は目を細めた。

去年、結婚して、嫁になって、恋をしたのは佐和紀だ。身も心も捧げて、自分を見失うほどの初めての恋だった。

それを思うと、胸の奥が痛くなる。

「どうした？」

首を傾げる周平の頬にそっとくちづける。

「好きだよ、周平」

「顔が？」

ふざけた周平が笑う。

「バカだなぁ、おまえは」

自分とは比べものにならないキレ者に、佐和紀は臆《おく》することなく侮蔑《ぶべつ》の言葉を投げる。

「じゃあ、こっちだろ」

手を摑まれて股間へ促された。

「エロ亭主には困ったもんだな」

そっと指で形をなぞり、もう一度、頬にキスをする。

「好きだよ」

佐和紀から口にすることが増えるに従って、周平が言葉にすることは少なくなった。その代わりに、眼鏡の奥の瞳には幸福な穏やかさがある。

佐和紀に家族でいようとプロポーズした時、それ以上に永遠の絆を求めたのは周平だった。嘘偽りのない、周平の本心だ。

「……言ってよ、周平」

囁くと、身体を強く抱き寄せられる。

「抱きたい。おまえの奥に入って、ぐちゃぐちゃにかき混ぜて、泣いてる目ですがりつかせたい」

「……好きって言えよ、って言ったんだよ。俺は……。本当に、困った男だな。おまえは」

あきれながら、スーツの肩に頬を預けた。

素直じゃないのは、男の見栄だ。そうやって泣かせてよがらせて、明け方には佐和紀の腕に抱かれ、周平は夢も見ずに眠る。

「なぁ、周平」

顔を見ずに熱っぽく首筋へ息を吹きかけると、添えたままの手が質量の変化を感じた。

「……悪い男で、いてくれ……」

くちびるを重ねて、そっと舌を絡ませる。終わりの見えないキスを交わし、首の傾きを変えようとした一瞬の隙《すき》をついて、遠くから怒鳴り声が飛んでくる。

「平日だからって、墓参りの人が他にいないわけじゃないんですよ！」

叫んでいるのは石垣だ。その両隣には岡村と三井の姿もある。

今日はこれから、五人で食事へ行く予定だった。

「あいつら、面倒だな」

そんなことをぼやく周平の腕から逃れ、土の上に落としていた吸い殻を拾う。

「自分の舎弟だろう。大事にしろよ」

佐和紀は笑って歩き出した。入り口からやってきた三人と合流する。

「何を食べに行く？　今の時間なら、港の方へ行って魚料理もいいよな」

吸い殻を受け取った三井は、相変わらず佐和紀に敬語を使わない。

「車があるから、都心に戻った方がいいんじゃないですか」

岡村がまっとうな意見を言ったが、

「そんなものは組の誰かを呼べばいい。おまえらも飲めよ」

佐和紀の背後に近づいてきた周平は身もフタもなかった。

「ヤクザはいい商売だな」

佐和紀はおどけて肩をすくめる。

「ウィース」

と、三井が調子よく答えた。さっさと前に出て歩き出す周平を追って、佐和紀は横に並んだ。後ろに続いた舎弟たちは、真剣に食事の相談している。

「佐和紀」

周平の手が首の後ろに触れ、振り向くと視線はまっすぐ前を向いたままだった。

「おまえは、おまえのままでいろ」

そう言われて、佐和紀は何も答えない。スーツの腰に手をまわすと、身体のラインがしっくりと肌に馴染む。胸の奥がせつなく疼き、この瞬間でさえ、また恋に落ちる。

昨日とは違う恋は、五分前とも違う恋だ。

でも、いつも相手は同じだった。同じ男を相手に何度も、その時だけの新鮮な初恋を繰り返す。

それは信頼と安心感に裏付けされ、成就することが約束された想いだ。

そして、家族になって一年目の春もまた、満開の桜は美しい花吹雪を見せていた。

《終わり》

旦那の本望

佐和紀《さわき》にじっと見つめられ、息が上がる。

浅い息を繰り返し、熱を帯びた肌に滴る汗もそのままに、太腿《ふともも》へと引き上げた腰を片手で摑《つか》み直す。引き締まった臀部《でんぶ》を撫《な》で回し、繫《つな》がっている場所に指を這《は》わせた。

「あっ、は……っ」

敏感な佐和紀の声が震え、ぎっちりとはまった肉棒は抜き差しならないほど強く締め上げられる。周平《しゅうへい》が放ったばかりの体液で潤んだ肉壺《にくつぼ》の中は、燃えるようにいっそう熱い。

「ま、だ……」

消え入りそうな佐和紀の声には、甘く爛《ただ》れた欲情があった。汗で額に貼《は》りついた前髪が濡《ぬ》れているのも気にせず、指がせつなさを訴えて周平の腕を這い上る。

ぞくっと肌が震えた。それが周平の腰まで伝わると、佐和紀が呻《うめ》くようにのけぞる。萎《な》えない周平の欲は、また強く張り詰め、絡みついてくる粘膜を内側から拡《ひろ》げていく。

「ぁ、んっ……ふ……」

佐和紀の指がするりと逃げた。身をよじらせ、その動きにさえ快感を得たのか、くちびるを引き結ぶ。吐息は儚《はかな》く漏れ出て、周平をじっとりと煽《あお》った。

深々と貫いたまま、佐和紀に腰をひねらせ、片膝《かたひざ》を持ち上げて足を開かせた。

「ん……っ」

全裸で横たわる佐和紀の肌は、どこもかしこも汗で濡れている。疲労の滲《にじ》む息遣いを聞きながら、周平はベッドの上でしどけなく伸びる片足の上にまたがった。佐和紀の膝を押して、ぴんと伸びるようにさせ、ゆっくりと前後に動く。

たっぷり塗り込んだローションに混じったザーメンがこぼれ落ちる隙間《すきま》もないほど深く繋がったままで、浅いストロークを繰り返す。

「ん……はっ……ん、ん」

松葉崩しの体位は、深く入れているつもりでも繋がりが浅くなる。抜けないように加減しながら、周平は顔のそばにある佐和紀のくるぶしにくちびるを押し当てた。

なめらかな肌がぞわりと粟立《あわだ》ち、周平を呑《の》み込んだ肉襞《にくひだ》がぐじゅっと狭まる。佐和紀の息遣いに合わせ、濡れた粘膜はうごめいた。

生身で挿入している周平は深い息を吐いた。くるぶしの骨を包む肌をべろりと舐《な》め上げ、くちびるで強く吸い上げる。甘く絡みついた佐和紀の肉は、腰を揺するたびにカリ高な性器の段差に引っかかり、性欲の強い周平をすぐに元の状態まで勃起《ぼっき》させる。

自分の身体《からだ》の貪欲《どんよく》さに気づいていない佐和紀は、シーツを摑み寄せて拳《こぶし》を握った。休憩を訴えてこないのは、欲しがっている証拠だ。身体ほど奔放になれない佐和紀の心はまだ、あどけないようなウブさを残している。

それを感じた周平の胸が搔《か》き乱されることも知らないのだろう。

「佐和紀、またデカくなってるだろう？」

「……っ。ん……」

うなずきもしない佐和紀の身体の中心を、周平はいやらしい腰つきでえぐる。長大な性器が肉を搔き分けてずるりと動き、さい先までとは違う場所を突く。

「あっ、……はっ、ん……、ぅ」

簡素な寝室のベッドの上に掛けただけのシーツは、佐和紀に搔き乱され、いくつも波が立っていた。その狭間《はざま》で悶《もだ》える肌は、また熱さを取り戻し、桃色に染まる淫猥《いんわい》さが周平を喜ばせた。

気持ちはすぐに股間《こかん》と連動して、ぐぐっと反りが強くなる。

二度目の交歓を受け止めようと心づもりを始めていた佐和紀が、ぎゅっと目を閉じた。

「二回目ぐらい……」

責めるような口調は、周平の存在が苦しい証拠だ。

「さっきより、デカく……すんな……っ」

「おまえのココがさっきよりほぐれて、イイんだよ。しかたないだろう」

「しかた、なくなっ……あ、あんっ」

話の途中で腰を振ると、こすれ合う刺激に佐和紀の声は途切れた。甘い嬌声《きょうせい》が尾を引くと、恥ずかしそうにシーツに顔を埋《うず》める。正常位で抱き合い、すべてをさらけ出し、周平がたまらずに達するほど悶えた後なのに、その態度はあどけない。

揃《そろ》って松浦組長へ頭を下げ、祝いの酒をひとしきり飲んでから、岡崎を置いて店を出た。マンションへ足が向いたのは、自然のことだ。二人の仲を許された安堵《あんど》と高揚感は、佐和紀の心にも火を点《つ》けていた。

エレベーターの中で激しいキスをして、玄関でもどかしく抱き合った。いつになく性急にベルトへ手をかけた佐和紀は、周平が靴を脱ぐのも待てずに膝をつき、酒を自分への言い訳にしたのか、濃厚なフェラチオで周平を焚《た》きつけたのだ。ひとしきり、しゃぶられた後で攻守が代わり、周平は佐和紀を玄関先に押し倒した。着物の裾《すそ》を乱し、下着を剝《は》ぎ取って顔を伏せると、佐和紀はすぐに泣き声をあげて震えた。

ぬるりと熱い佐和紀のスペルマの味が喉《のど》に甦《よみがえ》り、周平の腰がぶるっと大きく波打つ。

それはそのまま、佐和紀への責めになった。

「あっ……やっ」

周平の腕から足が逃げ、ひねった腰をすかさず抱き上げる。ぴったりと腰を重ね、後背位に体勢を変えた。足を大きく開かせた四つ這いにさせ、浅い繋がりで、抜けるぎりぎりの場所をこすり上げる。

じれったい刺激を感じるのか。佐和紀の背中がしきりと波を打つ。鍛えた腰に両手を添え、逃げるのを許さず、ゆっくりと奥へ挿入していく。

太い亀頭が動くと、じゅぷと空気の音が抜ける。羞恥《しゅうち》に震える佐和紀の上半身が崩れかけ、周平は起き上がっているように促した。

「奥までいくから、崩れるなよ」

「あっ……は……」

正常位とは違う裏側の部分を、硬く張り詰めた先端がじっくりと動いていく。ヌクヌクと肉がこすれ合い、シーツに腕を突っ張らせる佐和紀が髪を乱した。

ほどよくほどけた強張《こわば》りも、一刺しごとに太さを増す周平の怒張をやすやす受け入れるほど緩くはない。しかも刺激を与えられるのだ。道をつけられながら、佐和紀の肉襞は短い痙攣《けいれん》を繰り返す。

「はっ……あ、あぁっ……あっ。や、だ……撫で、んな……」

汗ばんだ腰から臀部にかけての震えを愛《いと》しく撫で回していた周平は、意地悪げに息を吐いた。逃げようとする身体を腰で追い、なおも続ける。

「……ひっ、……うっ……」

中の肉を熱でこすられ、外の皮膚を手で撫でられ、佐和紀が息を詰めて喉を鳴らす。しゃくり上げた後で、こらえきれない声が溢《あふ》れ出る。

女の嬌声よりも低く響くそれは、深い快感の色を帯び、周平の身体で渦を作る。そのメルトから生まれてくるリビドーを、佐和紀へと知らしめるために周平は腰を突き出した。同時にぐいっと引き寄せ、深々と奥を探った。

「あ、ぁんっ！」

正常位では貫けない場所へ亀頭が潜りこみ、佐和紀の足がシーツを叩《たた》いた。

「ひぁ……はっ……ぁ」

「ずっぽり入ったな。結腸まで行っただろ」

そうは言っても、佐和紀にはわからない。でも、確かに、周平の先端は狭い輪のような締めつけまで到達していた。滑らかな肉を丹念に突き上げ、奥のさらに奥を責める。

「や、やだっ……やっ」

その刺激も、もう初めてじゃない。だからこそ、覚えのある感覚を脳裏に甦らせた佐和紀は身悶えた。

「本当は違うだろう？　おまえの奥の奥で、ぶちまけてやるよ。癖になるような、濃厚なのを……」

「……ん、んっ……ッ！」

掻き分けた佐和紀の尻の間に、腰をぴったりと埋める。肌をこすり合わせるように動くと、佐和紀の声が激しく乱れた。

「うっ、……ふ……ぁ……あ、あっ……。あん、あんっ！」

抜き差しは短く、ストロークは強く、ぐちゅぐちゅと音を立てる肉壺をかき混ぜ、奥を何度も繰り返し突く。根元までぎっちりと肉に包まれた周平の額にも玉の汗が浮かび、募る快感に眉根《まゆね》を引き絞る。

「あんっ……あっ！　あ、あっ……あー、っ、あっあっ……」

佐和紀がどんな顔をして感じているのかは、見なくても想像ができた。綺麗《きれい》な顔が快感で歪《ゆが》み、苦しさで泣きそうになっているはずだ。でも、そこにあるのは苦痛だけじゃない。周平の激しさを受け止める瞳《ひとみ》の奥は深い悦楽の淀《よど》みを生み、二人で貪《むさぼ》る淫蕩《いんとう》の限りさえ愛している。

「あ、あんっ……周平ッ、周平ッ……」

シーツを握る拳がベッドを押し返して上半身を支えていた。背をそらしたり、かがめたりするたび、佐和紀の腰がよじれる。それが淡い快感を生み、貫く周平の動きは、二人の悦楽をいっそう深くさせる。

声をこらえられなくなった佐和紀は、乱れる息の合間に周平を何度も呼んだ。助けを求めるような響きに滲む『愛情』に、周平は腰で応《こた》える。じっくりと深い場所を掘り、時に激しく揺さぶって翻弄《ほんろう》した。

「気持ち、いっ……。きもち、いいっ」

「俺もだ、佐和紀。おまえの肉が俺に絡みついて……欲しいか。奥にぶっかけて欲しいんだろ」

「ぅ……っ、はぁ、はっ……や、だっ」

何が嫌なのか、それはもう本人にもわかっていない。周平と一緒に射精したばかりの佐和紀の股間は柔らかく立ち上がっていたが、まだ次の装塡《そうてん》が間に合っていなかった。

それでも手を回して周平は二度三度としごいた。突き上げる腰の動きにシンクロさせると、佐和紀はむずかるように身を揉《も》んだ。

「だめ……。出なっ……」

「気持ちいいだろ？　しごくと、締めつけてくる」

「ま、えは……いや……っ」

「じゃあ、俺の好きにやるぞ」

「あ、んっ！」

腕を取り、上半身を抱き起こす。

「は、ぁ……っ。んっ！」

腋《わき》の下からまわした両腕で、膝立ちになった佐和紀の胸をしっかりと抱き寄せる。交差させた手で、肉の薄い胸を揉みしだき、ぷっくりと膨らんだ乳首を摘《つま》んだ。

くりくりと指で弄《もてあそ》ぶと、

「あ、あんっ……んっ」

佐和紀の手が止めようとすがってくる。でも、止められるはずもなかった。周平の腰に責め上げられ、身悶えながら喘《あえ》ぐ佐和紀は声を引きつらせる。

「好きだろ。乳首をいじられて中出しされるの。早くイケるように、もっと身悶えて絞れよ……。なぁ、佐和紀。いやらしい俺の奥さん……」

耳元で囁《ささや》き、耳朶《じだ》を甘く嚙《か》む。佐和紀の身体がぶるぶると激しく震え、手に添う指が周平の肌へと食い込んだ。

「あっ……あっ………。も、っと……いじって。乳首っ、いいっ」

耐え切れずに叫ぶ声がかすれ、周平は今にも飛び出そうな快感の発露に耐えた。暴発寸前の腰を振り上げ、佐和紀の身体を強く抱きすくめる。

「あっ、あんっ。も……、いいっ。周平っ。奥、気持ちいい。気持ち、いいっ」

「出すぞ」

「はっ……あ、あっ……ッ！」

甲高くかすれる声を振り絞った佐和紀の中へと、周平はひときわ強く腰を突き入れる。熱い柔肉がひしっと周平を包んだ。言葉よりもなお雄弁な愛欲の強さで促され、濁流が先端から飛び出ていく。

「うっ……」

「……はぁっ」

どちらのものともわからない乱れた息が絡み合い、周平はそばにある佐和紀の肩に歯を立てた。震える身体を微塵《みじん》も逃がさずに抱き寄せ、小さく膨らんだ乳首を夢中で愛撫《あいぶ》する。こりこりと指先に心地いい突起に肌が刺激され、果てのない欲望は引くこともなく湧《わ》き立った。

「……おまえっ」

「嬉《うれ》しいだろう」

淫乱な色情の響きを、低い声にたっぷりと含ませた周平は、佐和紀の身体をそのままシーツの上へと抱きつぶした。二度放ってもまだ抜かず、繫がったまま、ゆっくりと腰を引く。

佐和紀がどんな快感を得ているのか。男に抱かれたことのない周平にはわからない。

「どんなふうだ」

問いかけると、短い息を繰り返す佐和紀は髪を振った。腰にのしかかったまま、振り向かせてキスをする。唾液《だえき》で濡れたくちびるを卑猥《ひわい》に舐め尽くし、舌を絡ませて吸い上げる。格好をつけた愛撫はもうどこにもなく、じゅぷっとあからさまな音が立つ。

「感じてるのか、佐和紀」

「……うっせぇ……もぅ……もぅ……」

くちびるから逃れた佐和紀の身体が、びくっ、びくっと跳ね、周平を包んでいる肉が蠕《ぜん》動《どう》した。濡れそぼったそこはぬめりを帯び、なおもまだ、細かな襞を思わせる締めつけで周平を掴んでいる。

うつ伏せで身を投げ出す佐和紀の上に覆いかぶさり、周平はまた揺れ始めた。

「どんだけ……出るんだ……」

あきれたような声には、周平だけが聞き取れる悦《よろこ》びの響きがある。

「おまえが興奮させてるんだ」

肩甲骨を舌でなぞり、身を寄せながら、シーツの上の手首を掴む。

「そう言えば、なんでも許されると思って……」

「違うのか」

囁いて指を絡めると、佐和紀からも握り返される。

「好きだよ、佐和紀。愛してるんだ」

答える代わりに、佐和紀は大きく息を吸い込んだ。汗で濡れた肌は熱く、周平をいつまでも昂《たか》ぶらせ続けた。

あとがき

こんにちは。高月紅葉です。

『仁義なき嫁』シリーズ第六巻・初恋編。お手に取っていただきまして、ありがとうございます。これをもって、『仁義なき嫁』シリーズは第一部を終了しました。

まだまだ手探りの岩下夫婦ですが、持ちつ持たれつの関係をスタートさせ、電子書籍の方では第二部『続・仁義なき嫁』が続いています。佐和紀の生い立ちについては持ち越し。第二部で展開していきます。よろしければ、そちらもご愛顧ください。

今回も電子書籍版に手を加え、新たなシーンをたくさん入れました。主に、周平と舎弟たちのやりとりです。やはりハイライトは、古い喫茶店で兄貴分をつるしあげにする世話係たちでしょうか……。みんな、「佐和紀がかわいそう！」と思ってるようですが、今回、本当にかわいそうなのは、謎かけのようなケンカをふっかけられた周平ですよね。

それにしても、動揺するということがほとんどない周平は、嫉妬もいつも控えめ。でも、かなり陰湿ですね……。読者からは、もっと嫉妬させて欲しいとリクエストを頂くのですが、今回もかなり嫉妬しているし、束縛もしているんですよ。佐和紀がするっと逃げてしまうので、周平の嫉妬がゆるそうに見えるのかもしれません。

佐和紀は少しずつ、自分の身の回りを固め始めたようですが、子供っぽいところが多く、危なっかしくて……。それを野放しにして眺めていられる周平は、さすが歳の離れた亭主だな、と思います。

いつも感想をいただいている読者のみなさん、本当にありがとうございます。感想も嬉しいですが、妄想をお聞きするのも楽しみです。最近は特にオカムラスキーが増えて増えて、本編では叶うはずのない恋に対する可能性の追及がとみに面白いです。

ツイッターでは仁義なき嫁の小ネタを思いつくまま呟き、サイトでは新刊発行後の「あとがきモドキ」という雑文をアップしています。興味のある方はご覧になってください。そして応援のお言葉を頂けますと励みになります。

末尾になりましたが、この本の出版に関わった方々と、最後まで読んでくださっているあなたに心からのお礼を申し上げます。またお会いできますように。

高月紅葉

仁義なき嫁 第一部完結おめでとうございます！本編を読んでから改めて
副題（初恋編）を見るとじーんとしますね…。
今回は佐和紀の笑顔を描けたのと、ひそかにお気に入りキャラだったユウキを
描けたのがとても嬉しかったです。後書きを書く際も、担当さんに佐和紀と
ユウキの百合テイストが意外と人気とうかがったのでそれで行こう！と意気込んだの
ですが自分の想像力が貧困で結局無難なところに落ち着いてしまいました…
百合テイストとは…
今回も高月紅葉先生と担当様には大変お世話になり、ありがとうございました。
読者の皆様、後書きまでお付き合いいただきありがとうございます。

岩下夫婦の成長と恋の
行方をこれからも
楽しみにしています。

猫柳ゆめこ

ユウキの自撮りテクは
プロ級だけど、横の
佐和紀は普通に撮って
もひけを取らない美人
なのでユウキは写真
見ながら文句言いそう

＊仁義なき嫁　初恋編：電子書籍『仁義なき嫁7～初恋編～』に加筆修正
＊旦那の本望：書き下ろし

ラルーナ文庫

この本を読んでのご意見・ご感想・ファンレターなどお待ちしております。**〒110-0015 東京都台東区東上野5-13-1 株式会社シーラボ「ラルーナ文庫編集部」**気付でお送りください。

仁義《じんぎ》なき嫁《よめ》　初恋編《はつこいへん》

2016年3月7日　第1刷発行

著　　　者｜高月紅葉《こうづきもみじ》

装丁・DTP｜萩原 七唱

発　行　人｜曺 仁警

発　行　所｜株式会社 シーラボ
〒110-0015　東京都台東区東上野 5-13-1
電話　03-5830-3474／FAX　03-5830-3574
http://lalunabunko.com/

発　　　売｜株式会社 三交社
〒110-0016　東京都台東区台東4-20-9　大仙柴田ビル2階
電話　03-5826-4424／FAX　03-5826-4425

印刷・製本｜シナノ書籍印刷株式会社

※本書の全部または一部を無断で複写することは著作権法上での例外を除き、禁じられています。
乱丁・落丁本は小社宛てにお送りください。送料小社負担にてお取替えいたします。
※定価はカバーに表示してあります。

© Momiji Kouduki 2016, Printed in Japan

ISBN978-4-87919-889-1

LaLuna

毎月20日発売！ ラルーナ文庫 絶賛発売中！

お稲荷様は伴侶修業中

小中大豆 | イラスト：鈴倉 温

神様修業も色恋もまだまだな稲荷神、夜古。
歳神と恋人・霆雨の仲にもやもやが止まらず。

定価：本体680円＋税

三交社